遺
憾，
我
病
起來
連自己都
1
作者 小鹿
繪者 Mocho

深表遺憾，我病起來連自己都怕

相關病史一覽

病歷號碼	●●●●●●
姓　　名	●●●
年　　齡	●● 歲 ● 個月

病況描述

序章

「哇哈哈哈哈哈哈————！」

我的姊姊——季晴夏突然大笑出聲，嚇得我差點從椅子上跌下來。

「晴、晴姊……妳怎麼突然大笑？」

「我的弟弟季武啊！我在剛剛發現了一件事！」

「發現什麼事？」

「那是一個驚人的事實喔！」

興奮的季晴夏抓住我的手，不斷轉圈跳舞！

「恭喜晴姊。但是，妳究竟發現了什麼？」

「**我發現了人類即將要毀滅**。」

「——什麼？」

「人類要毀滅了！」

「……晴姊說得是真的嗎？」

「當然是真的，我和妹妹不是都和你約定好了嗎？我們絕對不會對小武你說謊的。」

「所以人類真的要毀滅了？」

「沒錯！耶！」

她對我比了個V字手勢。

「這完全不是該一臉開心說出的事情吧！」

「當然要開心啊！」季晴夏露出燦爛的笑容道：「就是因為發現得早，我們才有時間可以進行防範啊！」

「……」

我算是佩服了晴姊的樂觀。

「不過，我知道小武的差勁腦袋完全無法理解我剛剛在說什麼，所以我就想辦法解釋到讓你這個低於平均值的智商也聽得懂吧。」

「差勁腦袋、低於平均值的智商……」

我知道季晴夏是為了讓我安心，所以才和我定下了只會對我說實話的約定，但有時我還是會被她所說的話刺傷。

不理會我的失落，季晴夏輕咳兩聲後說道：「小武，你可曾對『高度』感到懼怕？」

「『高度』？」

「是的，你會『懼高』嗎？」

「多多少少有一些。」

「若說『懼高』中其實隱藏著人類要毀滅的前兆，這樣小武就聽得懂我在說什麼了吧？」

「…………」

鬼才聽得懂。

不是每個人都跟妳一樣，是個稀世的天才。

可能發現我並沒聽懂吧，季晴夏無奈地嘆了一口氣後繼續解釋。

「嗯……這樣好了，我問你一個雖然很簡單，卻從沒人想過的問題。」

姊姊將她的臉湊到我面前。

「你覺得，人為什麼會怕高？」

「嗯……因為很恐怖啊，只要一不小心掉下去就會摔死。」

「那麼，你會怕路上跑的汽車嗎？」

「嗯……？」

「汽車只要撞上你，你也會馬上就死掉吧？」

「若是身在車陣中，我想我也是會害怕的。」

「不對不對，你自己心中也明白，害怕『高度』和害怕『車子』，這兩種害怕是完全不同的東西。」

「……確實。」

真要說的話。

害怕高度的感覺，就像是打從本能的懼怕。

——因為身為人類，所以害怕。

「站在高處往下望時，你會心中一揪、冷汗直流，巴不得早點離開高處，對吧？」

「為什麼會有這種差別呢？」

「因為『高度』夠『古老』。」

「……古老？」

「自古以來，人不斷地從高處摔下死亡，目睹這情景的人類，將對於『高度』的恐懼刻到了基因中。」

「因為夠『古老』，所以成了人類本能會害怕的事物嗎？」

那我就明白為何對高度和對車子的恐懼不同了。

因為車子是現代產物，它存在的時間不夠久，所以無法藉由演化，將恐懼刻到人類的基因中。

「你說得對，同樣的狀況，也發生在『蛇』、『火』身上。人看到這兩個事物，會下意識的後退不敢靠近，想要將其抹殺掉。」

「我瞭解姊姊要說的事情了，但『懼高』跟『人類毀滅』之間的關聯性在哪兒？」

「從『懼高』這件事，我們知道，一個事物要演化成恐懼並刻到基因中，使人類本能的感到害怕，需要有兩個要素，一個是『夠古老』，一個是『殺的人夠多』。」

「嗯。」

「那麼，小武，你覺得──是『人殺的人』多呢，還是『蛇跟火殺的人』多呢？」

「──────！」

雖然季晴夏的語氣很平靜，我卻被她的話震懾，下意識的退了一步。

隱隱約約的……我知道她要說什麼。

於是，我本能的──感到害怕。

「小武，因為戰爭的關係，人殺人的數量，早就遠多於『蛇』、『火』、『高度』這些事物。而且，人類的歷史有多長，人殺人的歷史就有多長。」

姊姊靠近我，湛藍的眼睛中閃爍著光芒。

「人對人的恐懼，早就刻到了人類的本能中。若是哪一天這個恐懼甦醒，人類下意識的對『人類』感到畏懼，想要將人類這個物種給抹殺掉——」

隨著季晴夏的話，我的眼前浮出了未來可能會出現的情景——

只要看到人類，人就會陷入巨大的恐懼中。

於是，人們開始自殺和互相殘殺……

彷彿看穿了我正在想什麼，季晴夏對我腦中的情景下了結論：

「只要發生這樣的狀況——人類就會因此而毀滅吧。」

Chapter 1

病能者研究院

「嗚……」

被惡夢所苦的我不斷呻吟。

「嗚啊啊——」

過去的情景不斷在腦中閃過。

大火、屍體、不斷互相殘殺的人們……

以及——

佇立在那之中微笑的季晴夏。

「武大人。」

一陣輕柔且堅定的搖晃將我從夢中拯救了出來。

我猛然睜開雙眼，結果看到跪坐在我床旁、以右邊的身體面對我、一切如常的季晴夏。

於是，我顫抖著伸出手。

「晴姊……」

「奴婢不是姊姊喔。」

她搖了搖頭，以溫柔可人的治癒笑容道——

「要是再認錯人，奴婢會難過到想要殺了武大人的。」

「……一早聽到這句話，還真是讓人瞬間清醒啊。」

「那真是太好了，乾脆以後奴婢都用『殺了你』來代替『早安』吧。」

「拜託不要。」

在我眼前以奇怪自稱詞做為主詞的人，名叫季雨冬。

她是季晴夏的雙胞胎妹妹，除了髮型和髮色外，與季晴夏有著一模一樣的長相和身材。

所以剛從夢中醒來的我，才會一不小心把她錯認成是季晴夏。

季雨冬將直順的黑色長髮盤在身後，變成兩個漂亮的環狀髮髻。

她身上穿著古代女子會穿的白色漢服，下半身的長襬是紅色的，腰間的隱扣繫帶則是黑色的樣式。

正如她的自稱詞，她的模樣就像是古代服侍官員的婢女。

她用右手摸了摸我滿布冷汗的頭，有些擔心地問道：

「武大人又夢到過去的事了？」

「嗯……」

「從兩年前開始，武大人就常常作惡夢呢。」

「是啊。」

「時間過得很快呢，自從姊姊大人消失後，轉眼已經兩年過去了。」

看著與季晴夏有著相同容貌的季雨冬，我不由得想起兩年前的事。

兩年前，發生了一起轟動全世界的大事件——「晴夏案」。

季晴夏在一夜之間將所屬研究所的人全都殺光，就此消失無蹤。

因為季晴夏是發明「病能者理論」、改變這個世界的天才，所以全世界的人都對此案件表達了高度的關注。

而在那場慘案中唯一存活下來的人，就是我和季雨冬。

換言之，當天的真相，唯有我們兩個知道。

這也是我和季雨冬被關到了這所「病能者研究院」中的原因。

只要一天不說出真相，我們就不能離開這裡。

「有任何關於姊姊大人的消息了嗎？」

「沒有……該說真不愧是晴姊嗎……」

即使全世界都在找她，但仍絲毫線索都查不出來。

「該不會姊姊大人已經、已經……」

季雨冬雖然沒有將後面的話說出來，但我明白她的意思，於是，我拍了拍她的頭。

「放心吧，她可是晴姊耶，我相信她一定不會死的。」

更何況，就算真的死了，也會留下屍體，不過現在仍一點消息都沒有。

「奴婢不擔心的。」

她用右手握住我擺在她頭上的手，閉上右眼淡淡地說：「因為奴婢相信武大人一定可以拯救姊姊大人的。」

「……妳對我還真有信心。」

我自己都沒這麼有信心。

「因為除了姊姊大人外，武大人是奴婢在這世上最相信、最喜歡的人了。」

「…………」

聽到她的話後，我不禁陷入沉默。

「怎麼了嗎？」

「妳說這種話都不會害羞的嗎……」

「不是早就在以前說過了，奴婢絕對不會對武大人說謊的。身為奴僕，這也是很正常的事吧。」

「那也不能有話就直說啊。」

就是因為這樣，明明整個人溫柔又散發治癒氣息，卻常會無預警地吐出驚人之語——

「這樣子做又沒有礙著誰，武大人你很煩耶。」

——就像現在這樣。

真要說的話！一個奴僕才不會這樣跟主人說話呢！

「這件事我們已經爭論許多次了，奴婢也沒有任何想要改變的意思，因為——」

她用大拇指指著自己豐滿的胸。

「有話直說就是奴婢的忍道——」

「等一下——！」

我趕緊用雙手摀住她的嘴！

別直接用《火〇忍者》的名臺詞啊！

「而且，現在都什麼時代了，怎麼還會有人自稱是奴婢啦！」

「因為姊姊大人之前在沉迷古裝劇時，一直說希望有個婢女服侍她，所以在她的調教下，奴婢就變成現在這個樣子了。」

「晴姊那個傢伙……」

難怪有一段時間，季晴夏一直自稱「本宮」，還強迫自己的妹妹穿上古裝。

「而且男人應該都希望有個婢女服侍吧，那我們可謂各取所需啊。」

季雨冬豎起手指說道：

「武大人滿足了大男人的虛榮，而我則滿足了在背地裡嘲笑你膚淺的需求——」

「妳這哪叫背地！根本就是當面在笑我！」

「奴婢無法對武大人你說謊啊，奴婢也很無奈。」

「妳根本就是假借不說謊然後說真心話損我！這世上哪有這麼不治癒人心的婢女！」

「要是拿出真本事來，奴婢要治癒人心可謂是小事一椿。」

「是這樣嗎？我可沒有這麼簡單就能被討好喔——」

「武大人在上——」

跪坐在地的她突然低垂脖子微欠身子，施了一禮。

「奴婢在此有禮了。」

「…………嗯。」

看著一個美少女在自己底下採取低姿態，我不由得滿意地點了點頭。

「能討武大人歡心，奴婢感到非常心滿意足。」她咯咯笑道：「雖然奴婢覺得武大人挺膚淺的，但奴婢不說。」

「妳已經說了！」

「而且別拿古代那些丫環跟奴婢比，奴婢可是充分吸收現代知識，進化成了『現代化的婢女』！」

「現代化的婢女……？」

這是什麼嶄新過頭的名詞。

「古代的丫環，是不可能與奴婢我匹敵的！」

「為什麼？」

「因為為了服侍武大人，奴婢磨練出了古代人絕對做不到的神技——」

季雨冬「啪」的一聲揮了一下手上的衣袖！

氣勢驚人的她右手握拳，右腳伸出，將身子擺成了橫躺——

「喵～～～～～～～～」

「……………………………………………………」

然後喵了一聲。

「武大人在上喵，奴婢在此有禮了喵。」

化身為貓的季雨冬抓住了我的小腿，開始用她的臉磨蹭。

「這就是……妳說的神技？」

果然驚人。

可謂是完全的低智商壓制。

在得到治癒感前，我首先得到的是優越感和安心感。

——幸好自己還有救。

——幸好自己沒有變成這樣。

看到我一句話都說不出的模樣，一臉得意的季雨冬解除貓娑態說道：「這就是現代化奴婢的優勢了，因為古代人不會角色扮演，對吧？」

「……是沒錯。」

「既然不懂扮演女高中生、女教師、女護士之類的東西，那根本就無法讓武大人感到真正意義上的治癒吧？」

「不一定要角色扮演才能治癒他人吧……」

「武大人你太天真了！」

季雨冬以驚人的氣勢一口斷言——

「沒有男人不喜歡角色扮演！」

「…………」

「這世上只有兩種男人：一種是喜歡角色扮演的男人，一種是假裝自己不喜歡角色扮演的男人！」

「……總會有人不喜歡吧？」

「那就是偽君子！」

「假如他是真的不喜歡呢？」

「那就是性無——」

「喂————！」

我再度用雙手捂住她的嘴！

「再怎麼有話直說，這也過頭了吧！」

「奴婢只是說出理所當然的事實，武大人自己不也是喜歡女孩子角色扮演的模樣嗎？」

「我才沒有——」

「小武。」

季雨冬聲音突然一沉。

她右手扠著腰，站起身來露出自信的笑容。

「兩年不見了吧。」

「晴、晴姊！」

是好久不見的季晴夏！

我下意識的想要走下床去——

「呵呵。」

季雨冬解除了她的模仿，坐到地上露出壞心的笑容道：「剛剛武大人是不是說自己不喜歡角色扮演？」

「……」

她用玉蔥般的手指輕點著我的額頭。

「不知道武大人能不能再大聲、肯定地說一次剛剛所說的話？」

「是我不對……」

這個古靈精怪的傢伙！竟然利用我對季晴夏的思念——

「不過呢，要是哪一天姊姊大人真的回到我們身邊就好了。」她伸展了一下身子說道：「這樣武大人一定會開心吧。」

「嗯……」

「要是需要幫忙什麼，武大人就跟奴婢說吧，奴婢會竭盡所能在後方支援武大人的。」

「雨冬……」

「嗯？」

看著她與晴姊完全相同的美麗側臉，我忍不住開口問道——

「妳……曾怪過我們嗎？」

在兩年前的「晴夏案」後，季雨冬受到重傷，連像個正常人行走都做不到，只能一直關在我的房間中，一步都無法踏出去。

「妳曾責怪我和晴姊嗎？讓妳的世界變得一點都不完整？」

「完全不怪。」

「即使……我們將妳變成如此悽慘的模樣？」

這個問題我已經不是第一次問了，但每次季雨冬的回答都一樣。

她端正坐姿，露出微笑，說道：

「奴婢從來不曾怪過武哥哥和姊姊大人。」

「……真的嗎？」

「當然是真的，奴婢說過了，奴婢只會對武哥哥說實話。」

抬起頭來的她稍微側了側身，此時——

她只有一半的臉龐出現在我眼前。

宛如左邊的世界消失，她的頭、上半身、下半身以中線為界，左邊的部分被塗上了一層黑。

她的面容少了一半，身體少了一半，也看不到左手和左腳。

並不是真的失去這些身體部位，但只要是位於她左側的東西，就會被一片黑暗給籠罩、吞沒。

——就像是季雨冬沒有左邊的世界。

她無法控制這個現象，只能任憑這股黑煙將她的左方給抹消。

注視著她左側的漆黑，就像是在看著我和季晴夏在兩年前所犯下的錯誤。

於是，我不禁轉開了目光——

此時，一股溫暖撫上了我的左臉龐，將我的頭轉了回去。

季雨冬以再認真不過的淡藍雙眼凝視我。

「武大人，看著我。」

「嗯……」

「聽好奴婢接著所說的話。」

「……」

「奴婢的主子是武大人和姊姊大人。」

以右手三指點地，她將頭貼到地上後向我行了一個禮。

「不管主子怎麼對待奴婢，那都是恩典，奴婢絕對不會有絲毫怨懟。」

抬起頭來，她露出溫柔的笑容道：「所以，不管奴婢身上曾經發生過什麼，都請武大人千萬不要在意。」

聽到她這麼說，我忍不住愣了一下。

過了良久良久，我才問道：「妳該不會就是為了這樣，才一直以奴婢自稱……」

為了怕我和季晴夏有罪惡感，為了怕我們顧慮她——所以她才一直打扮成婢女的模樣。

她想告訴我們，她從沒將過去的事放在心上。

「『我為何一直扮成婢女』——這個問題，奴婢心中有答案。」

露出促狹的笑容，季雨冬手指抵著嘴脣說道：

「但奴婢不說。」

在和季雨冬說完話後，我突然接到了「病能者研究院」的最高領導人——院長的呼喚。

在往院長室的途中，我不斷看到穿著白袍的研究員在研究院中跑來跑去。

這個景象，從兩年前開始就常在世界各地出現。

這一切都是因為我的姊姊——季晴夏發明了「病能者理論」的關係。

從這個理論出現後，世界的模樣改變了。

許許多多宛如超能力者的「病能者」出現，這些「病能者」被投入到醫療、戰爭、犯罪上，讓世界開始產生動蕩。

所謂的「病能者」，指的是罹患精神疾病的病患，在經過藥物控制和訓練後，將原本的「異常認知」儲存在身上。

簡單說就是，「病能者」可以將「疾病」儲存在自己身上某處，並自由選擇取出與否。

現在國家的國力，已經不是單純靠武器的數量來決定了，而是靠擁有「病能者」數量的多寡來決斷。

擁有的「病能者」數量越多、素質越好，這個國家就越強盛。

於是，各國都開始研發「病能者」的相關技術，想要努力培育出「病能者」。

現在關著我和季雨冬的「病能者研究院」就是這樣的設施。

「病能者研究院」位於海底，跟一般的研究所差不多大，它以一個透明的碗狀光罩罩了起來，遠遠看去就像是個海底小屋。

這所研究院只有一條通道可以通往地面，為了防範外頭的人進來竊取資料，戒備可謂非常森嚴，若是未受批准的外來人士，是絕對無法闖進來的。

但是，就算投入大筆預算，也安排了幾百名研究人員在這所研究院中——
還是一個「病能者」都沒製造出來。
除了季晴夏外，沒有任何人可以成功製造「病能者」。
即使是在季晴夏消失的這兩年間，也沒有任何國家成功。
「你來啦，季武。」
對著來到院長室的我，一個坐在寬大椅子上、手握木質紙扇的嬌小女孩露出了笑容。
「……找我有什麼事嗎？院長。」
在我面前的小女孩，正是這所研究院的院長。
她的身高只有一百四十公分，真名不詳，年齡也不詳，只知道大家都叫她院長；娃娃臉和矮小瘦弱的身材，乍看之下會讓人誤以為她是小學生。
她無時無刻都穿著正式的和服，本來應該顯得雍容華貴的層層和服穿在她身上，感覺反而不太像是衣服在裝飾人，而是堆積、擺放在她這個衣架上似的。
而以上這些都不是她最顯眼的地方，她最為顯眼之處是在左臉頰上的一隻藍色蝴蝶。
只要是「病能者」，就一定會在身上的某處有著這樣的蝴蝶印記。
「兩年前開始，全世界都在尋找失蹤的季晴夏，你知道這是為什麼嗎？」
在我面前的院長不待我的回答，就這樣繼續說了下去。
「因為只要找到她，就等於掌握了『病能者』的技術——掌握了世界。」

「我知道。」
「唯一掌握她去向的人，只有你和季雨冬，對吧？」
「……」我閉口不言。
「她現在在哪裡呢？」
「我不知道。」
「不管怎樣都不說嗎？」
「我說過了，我不知道。」
「即使這樣，你的答案也是不變嗎？」
──啪的一聲！
院長張開手上的扇子。
「嗯？」
「展開『病能領域』。」
隨著她說出這句話的同時，她臉上的蝴蝶印記消散，化作點點光芒，充斥著整個院長室。
我打量四周，只見這些光之粒子逐漸在房間的邊緣處，聚成一個藍色的牢籠。
「現在整間院長室都處在我的『病能領域』裡，換句話說就是──我將自己罹患的『異常認知』散布在整個房間中。」
「嗯……」
「不過你別擔心，我的『疾病源頭』是『強迫症』，基本是無害的。」

「『強迫症』……是嗎？」

「強迫症」是一種很知名的精神疾病。

罹病的人會有著異常的堅持，例如只能接受單數的數目、拚命確認自己是否乾淨、一定要把家中東西收得整整齊齊等。

——宛如被「強迫」遵守某項規則。

患者要是不遵守自己訂下的規則，心中就會產生強烈的不安，這股不安甚至會逼迫患者，使他連正常生活都辦不到。

「也就是說，只要待在院長的『病能領域』中，就會跟妳一樣罹患『強迫症』，是嗎？」

「沒錯，『病能者』不就是靠這種方式戰鬥的嗎？」

先展開「病能領域」。

接著再將「異常認知」傳染給領域中的其他人。

「這種小事我當然知道。」

畢竟我也是「病能者」。

而且，這個世界上的第一個「病能者」——就是我。

「那麼，院長妳的『病能』是什麼？」

「『不能說謊』。」

她收起扇子，露出優雅的笑容。

「只要在我的領域中，就『不能說謊』。」

「原來如此……」

得到強迫症的人，會被強迫遵守某項規定。

此時我們在這個領域中所必須遵守的，就是「不能說謊」。

「那麼──」

院長看著我，直接問出了關鍵性的問題：

「兩年前，在季晴夏身上到底發生了什麼事？」

「我不知道──」

我反射性的就想說出習慣的回答。

此時──我的身體一震！

宛如被雷打到，我的呼吸不自然的加劇！

──這樣好嗎？我所說的話真的符合事實嗎？

──我絕對不可以說出任何不符合事實的話語。

──絕對不行！

「呼、呼──」

我感到呼吸困難、心跳快得就好像是要爆炸似的。

若是要說出謊話──

不如去死算了。

「別違反我的『病態』喔。」院長微笑道：「強烈的認知，足以影響生理。要是說出謊話，可是會因為自責使得身體機能衰竭而死亡的。」

「那麼……」我咬著牙道：「我知道兩年前發生了什麼事，但是我不想跟妳說。」

就在我說出實話的那刻，壓在身上的壓迫感登時消散。

「……來這招啊。」院長皺了皺眉。

我對她露出了彷彿勝利的微笑。

只不過是不能說謊而已，還是能靠「不正面回答」來規避禁則的。

而且，如果我一直保持沉默，她也拿我沒辦法。

「那麼，我換個問法好了。」

「不管妳問了什麼，我都不會將兩年前的事情說出來的。」

「那可不一定喔。」院長露出微笑。

看著她的笑容，我不自覺地打了個寒顫。

雖然身材和長相都像是小學生，但是從她身上散發出的壓力十分巨大。

彷彿我面對的是一個莫測高深的怪物。

「這樣子好了，我先問個簡單的問題。」

院長轉了轉手中的扇子，以輕鬆的態度問道：

「季武，你能不能正常回答人類的提問？」

嗯？

「當然可以啊。」

「我是不是人類？」

「是啊。」

「那麼，我再問你一次——兩年前，在季晴夏身上到底發生了什麼事？」

「我說過了，不管妳問了什麼，我都不會——」

——心臟登時一緊。

那股喘不過氣的感覺再度出現！

——不能說謊。

——我絕對不能說謊！

我的心中喊出了警報聲！

為……什麼？

我並沒有說謊啊？

痛楚逐漸瀰漫全身，冷汗也布滿了我的額頭。

模糊的視野中，我看見院長輕輕搖了搖她手中的扇子。

「你沒意識到嗎？雖然表面上狀況一樣，可是情況已經大不相同了。」她露出了得意的笑容說道：「你連保持沉默都辦不到了。」

我本來想問為什麼，但隨即我腦中浮現的聲音回答了我心中的疑問。

——我能正常回答人類的問題。

——院長是人類。

要是我不回答她的問題——

那我前面的兩個回答就等於是說謊！

「原來……『病能』還有這種使用方法。」

「說謊」——指的是不能說出與事實不符的行為。

「不能說謊」並不只限於當下。

若是說出的話與過去不符，那也毫無疑問是說謊！

我大意了。

因為不過是「不能說謊」這種看似無害的「病能」，所以我就卸下了心防。

到了此時此刻我才意識到，我早已被拖入一場看不見的戰鬥中。

我們的言語，就是我們的武器。

我們的交涉，就是我們之間的爭鬥。

眼前的院長是「病能者」，是個能將「異常認知」散布給他人的存在。

只要「說出謊言」就會死掉——在這樣的規則下，哪裡有能讓我鬆懈的空間！

「快正常回答我這個人類的問題，你想因為說謊而死嗎？」

院長的提問明明聲音很輕，卻重重地的在我心中響起！

我感到心臟就像是被緊緊掐住，幾乎要連呼吸都辦不到。

「快說！兩年前，在季晴夏身上到底發生了什麼事了！」

完全沒退路了。

不是死，就是乖乖回答院長的問題。

沒有第三條路可以走。

雖然全身劇痛，不知為何我竟在這時想起了季晴夏。

我果然……完全及不上姊姊呢。

竟連提防他人這種最基本的事都做不到。

然而，為了保護姊姊，我說什麼都不能將兩年前的事說出來！

我深吸一口氣，凝聚身上僅存的力氣，將一句話給緩緩說了出口：

「開啟……『病能領域』。」

隨著我的這句話，我左手背上的藍色蝴蝶印記散成了光之粒子。

但是與院長不同，我的領域無法構成一個空間，僅能以一層薄膜的狀態蓋住我，就像是我身上附了一層光似的。

此時，我的左手背上也出現了「一隻眼睛」、「一隻耳朵」的印記，眼中的瞳孔則變成了「二」的形狀。

我無法像院長一樣張開領域，讓其他在領域中的人也得病。

我的「病能」是「超感受力」，是個只對自己生效的「病能」。

我將放大好幾倍的感受力集中在自己身上。

於是，我感受到自己肌肉的運動，甚至連血液在血管中的流動聲響都聽得到。

——我是季武。

——我的身體很正常。

——我沒有異常認知。

所以——我沒有罹患強迫症！

「兩年前，在季晴夏身上，什麼都沒發生！」

我抬起頭來，凝視著眼前的院長。

「我什麼都不會跟妳說的！」

即使說出謊言，身體還是一點事都沒有。

在我的「超感受力」下，我知道自己是個沒有得到「強迫症」的正常人。

所以，即使身在院長的「病能領域」中，我還是可以說謊！

「真是的……」

院長苦笑了一下，在這瞬間，她身上那股幾乎讓人喘不過氣的壓力消失了。

「真是麻煩的『病能』啊，竟能讓我的『病能』失去效用。」

「只是剛好可以克制院長的『病能』而已。」

院長的「病能」，是將「不能說謊」的異常規則灌入他人腦中的能力。

因為我可以藉由「超感受力」知道自己並沒有罹病，所以才能不被她的規則所束縛。但若是遇到別的「病能」，就不一定能這麼對付了。

院長用張開的扇子遮住了下半張臉。

「不愧是季晴夏製造的──『最初的病能者』呢。」

「院長……」

「嗯？」

這個「病能領域」不只對我有效，對她也有效。

趁著她只能說實話時，我問了她我一直很想問的問題：

「妳有沒有想要加害我和雨冬的意思？」

「………」

在兩年前，院長將我和季雨冬關在這所研究院中。

她對我們訂下束縛：只要不說出兩年前的真相，我們就永遠無法離開這個地方。

這所研究院只有一個出入口，出入口中有著重重機關，只要是沒經過院長同意之人，就無法從中出去。

「妳到底想對我們做什麼？」

「我對你和雨冬沒有任何惡意。」

她從座位中走了下來，對我露出了微笑說道：

「我的所作所為，都是為了『世界和平』。」

「世界和平？」

「是的，這所『病能者研究院』之所以成立，也是為了這個目的。我想要開發出更多有關病能者的技術，為這個世界貢獻一份心力。」

「這跟把我和雨冬關起來有什麼關係？」

「因為你們是季晴夏的家人。」院長用扇子輕點著我的肩膀說道：「季晴夏是改變這世界的人，現在只要有任何一國擁有她的知識，世界情勢就會大幅朝該國傾斜吧。」

「嗯……」

院長說得沒錯，季晴夏就是這麼特殊的存在。

「所以，全世界都在找你們，全世界都想從你們嘴中問出『晴夏案』的真相以及季晴夏的去向。」

「我知道……」

「我並不是將你們關起來，正確的說法是，我將你和季雨冬『保護』在這所研究院中。」

「保護？」

「你試想看看，若是被不擇手段想要知道真相的人抓到，那麼你和季雨冬會變成怎樣呢？」

「會被拷問……」

「沒錯，甚至有可能在你的面前，將季雨冬折磨得不成人形。」

雖然我和院長的交鋒已經結束了，但她並沒有解除她的「病能領域」。

她想要以她的「病能」來證明，她所說的一切都是事實。

「兩年前，我接到情報趕到現場後，發現了還活著的你們。於是，我將你們收留進了研究院。坦白說，這對我來說毫無益處，因為要是一不小心洩漏了你們在這邊，研究院將永無寧日、後患無窮。」

「嗯……」

「但我還是這麼做了，為什麼呢？」

就像答案早已確定，院長迅速回答了自己的問題。

「就像我說的，這一切都是為了世界的和平與穩定。」

「……我明白了。」

「既然明白了，就繼續乖乖待在研究院中。」

「不行……」

「為什麼？」

我的回答，讓院長再度露出富含壓力的微笑。

「因為──我和雨冬想去找晴姊。」

我一邊努力對抗院長給我的壓力一邊說道：「她和我們的處境一樣！要是被奇怪的人找到，難以想像她會遭遇什麼悽慘的事情。」

「你無論如何都想找她嗎？」

「是的！」

五年前，我被她所拯救。

從那天起，我就追著她的背影往前跑。

要是她消失了，我和季雨冬將不知該何去何從。

「季武，我問你一個問題。」闔起扇子，院長用扇頂向我一指，「為了找她，你可以殺了其他無關的人嗎？」

「……為什麼問這個？」

「你明明知道我在問什麼。」

「……」

「我可是知道的，季雨冬無法控制自己身上的『病能』，對吧？」

聽到院長這麼一說，我的心中猛然一震。

沒想到……她竟然知道這件事。

「從她身上散發出的『病能』，名為『刪除左邊』，沒錯吧？」

「是的……」

我不自覺的低下了頭。

在兩年前的「晴夏案」後，季雨冬就再也無法意識到左邊的世界。

就算她的左手實際上是存在的，她也會覺得不存在。

就算她的左腳實際上是存在的，她也會覺得不存在。

不管是任何人、事、物，只要站在她的左側，她就會覺得那個事物並不存在。

左邊的世界，對季雨冬來說不具任何意義。

在她眼中，只有一半的世界才是正常的。

而且最糟糕的是，這個無法意識到左邊的異常認知，除了季雨冬外，在她周遭三公尺內的人，也都會沾染這個異常認知。

「那麼，假設有人一不小心闖到季雨冬的左側，會變成怎樣呢？」

「他會……覺得自己不存在。」

「沒錯。」

院長用闔起的扇子遮住嘴巴，繼續說道：「『強烈的認知，會影響生理』。季雨冬左邊的世界，對人類來說是不可涉足的『禁區』。若是一不小心闖了進去，感染異常認知的人會覺得自己『不該存在』，接著他會馬上自殺，將自己給抹消掉。」

「…………」

「季雨冬左邊的世界被『刪除』了。」院長走到我面前說道：「跟她的主觀意識無關，她會下意識的將她左邊的人都刪除、殺掉。」

我想起季雨冬的面容和身軀。

她被無盡的黑暗吞噬掉左邊，只剩下一半的世界。

所以，我從未讓她離開我們的房間。

「她和你我都不同，並不是個正常的『病能者』，所以她無法控制自己身上的『病能』。」院長以炯炯的眼神看著我，「就因為想找出季晴夏？所以你要和季雨冬走出研究院，殺了所有在她左方的人？」

「啪」的一聲，她張開扇子大聲問道：「──回答我啊！是這樣嗎？」

面對院長的質疑，我緊握拳頭，一句話都答不出來。

「我再問你一次，兩年前到底發生了什麼事？為何季晴夏會殺了所有研究所的人？為何季雨冬會突然散發出『刪除左邊』的『病能』？」

「……」

面對這些質問，我只能保持沉默。

「季武。」像是看穿了我，院長以如冰般的冷冽語氣道：「你一直拚命地追逐季晴夏，但是，你自己真正想做的事是什麼？」

「我……」

「回答我，你到底想成為怎樣的人？」

──我想成為像季晴夏那樣的人。

我想要像她一樣無畏的笑著。

我想要像她一樣總是充滿自信，信手一揮就解決所有事情。

但是，此時的我連直視面前的院長都辦不到。

低下頭，看著眼前的地板。

我終於發現——

「找到季晴夏不過是藉口。」

院長說出了我心底的話。

我抬起頭來，視線與院長毫無一絲雜質的雙眼相會。

此時，我突然意識到一件事——

就是因為罹患必須「說實話」的「強迫症」，所以院長才會對「真實」這種事物比誰都還敏感。

這樣的她要點出我心中的真實，根本就不是一件難事。

「季武，你不過是因為失去了眼前的目標，所以才著急地想要將這個目標給找回來。」

院長走到我面前，以扇子輕敲我的肩膀說道：

「你只是個沒有季晴夏，就不知道該怎麼活下去的膽小鬼罷了。」

院長並不是刻意羞辱我，她只是將她看到的事物說出來。

所以，面對院長的實話，我一句反駁的話都說不出口。

「感覺相連症」。

我「病能」的「疾病源頭」。

人類在面臨感官刺激時，會將接收到的刺激傳到大腦。

但是有極少數的人，大腦中的感應區是混合在一起的。

感應視覺的地方也可以感應聽覺，感應味覺的地方也可以感應觸覺。

罹患「感覺相連症」的人，會看到「聲音的顏色」，也可以聽到「眼前事物的味道」。

他們眼中的世界與常人不同。

一般人眼中，紅色不過就是紅色的色塊。

然而在患有「感覺相連症」的人眼中，這些紅色可能還散發著高昂的聲音和刺激的辣味。

「晴姊……」

從院長室出來後，我坐在房間的地板上，思念著不知在何方的季晴夏。

我開啟我的「病能」。

左手背上的藍色蝴蝶消散，聚成了一隻眼睛、一個耳朵的圖形，我雙眼的瞳孔也變成了「二」的形狀。

我的病能名為「超感受力」。

只要開啟病能，我就能同時用複數感官感受眼前的世界。

此時，因為開啟了「視覺」、「聽覺」的共感，所以我的感受力是一般人的好幾倍。

「好久不見，晴姊。」

在我面前，我創造出的虛擬季晴夏出現。

這是我根據以前的記憶創造出來的幻影，我將以前感受過的身形、聲音再度重現刺激大腦，讓只有我看得到的季晴夏現身在面前。

因為只開啟了兩感，所以季晴夏的身影有些虛幻縹緲。但我不敢開啟更多感覺進行共鳴，因為這會帶給我的大腦和身體負擔。

「晴姊，妳現在究竟在哪兒呢？」

我問著眼前的季晴夏，而她一句話都沒回答我。

會有這狀況也是當然的，畢竟她只是我依照回憶創造出來的幻影。

「晴姊，我是個懦弱的人。」我向眼前的季晴夏說道：「在五年前，因疾病所苦的我打算自殺。」

聽到我這麼說，季晴夏單手扠著腰，對我露出了再自信不過的笑容。

「所幸在最後，我被妳給拯救了。於是，我決定追著妳的背影向前跑。」

妳永遠是那麼充滿自信，毫不猶豫的前行。

「但是……」

兩年前的慘劇發生後，妳卻消失了。

留下了喪失目標的我，以及傷痕累累的季雨冬。

我們的時間彷彿靜止了，每天在這所研究院中無所事事，只是等待找到妳的那天到來。

「若是妳不在……接著我們該怎麼辦呢？」

我將頭低了下來。

「我不像妳一樣能力強大，也不像雨冬一樣心志堅強。」

平凡又脆弱的我，究竟該往哪裡去，又該如何是好呢？

為了聽取季晴夏的安慰，我開啟更多感官的共鳴。

從原本的「二感共鳴」變成了「三感共鳴」。

季晴夏本來有些透明的身影逐漸固定——

「終於、終於……」

雖然只不過是我創造出的幻覺，但這是許久不見的季晴夏。

在我「三感共鳴」的「病能」下，她會如過去般對我說話、行動。

依照腦內最為深刻的回憶，我逐漸將季晴夏的身影、聲音刻劃出來。

隨著她的輪廓越來越清楚，我也感到越來越緊張。

當看到她時，我第一句話要對她說什麼？第一件事要做什麼呢？

不知為何，一陣鼻酸的感覺湧上心頭。

不行，我可不能掉眼淚。

這麼久沒見到晴姊，我應該開心才是。

我專注地看著眼前的季晴夏。

她的身影越來越清晰、越來越清晰——

清晰到完全看到了她的裸體。

「……………………」

「果然家人就是要袒裎相見呢！」

季晴夏雙手扠腰，豪邁的哈哈大笑。

我的腦袋一片空白。

真沒想到這麼久沒見面，第一眼看到的，竟然是季晴夏的全裸畫面。

雖然季晴夏過去的確常常全裸……但原來我腦內對她最為深刻的是這個姿態嗎？

真是各方面都讓我感到震驚無比。

「小武！」

季晴夏以居高臨下的態勢指著我，氣勢驚人的說：「身為姊姊的我都脫了！你怎麼還不脫！」

「是、是，我馬上脫————咦，不對！」

脫到一半的我停下動作，發現了不對勁。

我根本沒有必要把衣服脫掉吧？

「嘖，靠著氣勢讓自己弟弟全裸的計畫失敗了嗎……」

「妳竟然不惜做到這種程度，也想讓我全裸嗎！」

「可是雨冬剛剛就被我剝光啦。」

「妳為什麼要一直脫家人的衣服！」

「身為男孩子，你應該可以理解這種感覺吧？把別人身上的衣服剝光，就像是征服了對方——」

「我們不是家人嗎？妳征服家人做什麼！」

「『家人』不就是『家暴他人』的簡稱嗎？」

「這是什麼毀滅人類價值觀的簡稱！」

別為了自己方便就這麼解釋好嗎！

「而且，你別看我這麼大方，我畢竟是個女孩子，全裸站在他人面前還是會很害羞的。」

「害羞？」

「嗯。」

我上下打量眼前以頂天立地之姿站著的季晴夏。

「……我怎麼完全看不出來。」

「那是因為我打了鎮靜劑。」

此時季晴夏臉上，是一副高僧悟道的表情。

「什麼？」

「為了不讓我因為害羞而說不出話來，我打了一針鎮靜劑──啊。」

季晴夏突然停止了動作，過了幾秒鐘後，她猛地滿臉羞紅，雙手掩面，全身不斷輕微顫抖。

「怎麼了？」

「藥效過了……」

「…………」

「等一下，我再打一針。」

「妳直接穿上衣服不就好了嗎？」

我趕緊握住她拿著針筒的手，阻止她的動作。

「只要再一針就好！只要再一針，我之後就不會再打了！」

「妳說話怎麼跟個吸毒的人沒兩樣！」

「只要前端進去就好，只要將前面一點點放進去就好！」

「不要藉機開黃腔性騷擾！」

真是的，該說真不愧是晴姊嗎？只要她一出現，氣氛就被嚴重破壞，完全陷入了她的節奏中。

「小武，就這樣不要動喔。」

她繞到我的身後，接著，一陣柔軟從後方包圍住了我。

全裸的季晴夏，就這樣坐在我後方，將我摟入了懷中。

「晴、晴姊……」

「就這樣不要動喔，被你看見我會害羞。」她在我身後嘻嘻笑道。

因為沒有衣服的關係，我可以輕易感受到她肌膚的柔嫩以及姣好的身體曲線。

真是的……她都沒意識到這個情景，比裸體被我看到還要害羞嗎？

陣陣香氣從身後飄來，我努力保持鎮定不去多想。

可能是很害羞吧？總覺得季晴夏的臉上溫度比平常高。

我忍不住想要用「病能」去感受、探測季晴夏的表情——

「不行喔，小武。」

季晴夏以溫柔的嗓音制止了我接著打算做的事情。

「……什麼不行？」

「別用『病能』觀測我。」

「為什麼？」

「在你的『超感受力』面前，你可以感受他人的心跳和體溫，不管是怎樣的生理反應都無所遁形。你可以藉著『觀察』瞭解他人的心情，識破他人的謊言。若是對方情緒激烈些，你甚至可以知道他在想什麼。」

「用『病能』觀察別人，是不能做的事嗎？」

「不，這是可以的，但是──」季晴夏抱著我的手緊了些，「別對親近的人做這件事。」

「……」

「你知道這是為什麼嗎？」

「不知道……」

「你的『病能』，偵測謊言比偵測實話輕易許多。」

「嗯。」

「在感受到他人良善的一面前，你註定先感受到人類醜惡的一面。」

「可是，知道對方是否在說謊，總歸是一件好事吧？」

「即使是謊言，也有好壞之分。」

「…………」

「並不一定說謊就等於惡，反之亦然。舉個例子——」

「若是至今為止，我從沒對小武你說過實話，那你會怎麼辦呢？」

「…………」

我先是沉默了一會兒，隨即搖搖頭說道：「晴姊不會騙我的，妳跟雨冬不是和我約好了嗎？絕對不會對我說謊的。」

「要是我破壞了約定呢？」

「我相信晴姊不會害我的，即使對我說謊，那也是為了我好。」

「那麼，若是你的『病能』偵測到我正在以惡意說謊，你會相信哪邊？你會相信『客觀事實』，還是相信『你認識的晴姊』？」

我登時語塞。

「我換一個問題好了。」

「嗯。」

「我們『病能者』擁有與常人不同的認知，有的人『沒有左邊』、有的人『五感混合』。那麼，究竟是『病能者』認知到的世界是真實的，還是一般人眼中的世界是真實的呢？」

「兩邊都是真實，只是認知上有所不同。」

「沒錯，兩邊的世界都存在，並沒有對錯之分——重要的是你『相信什麼』。」

季晴夏握拳，輕敲了一下我的心窩。

「不管你看到怎樣的事實，都必須經過你的『想法』進行轉換。所以，別用『病能』認識身邊的人，用你的信念去認知他人吧。」

「我……自己的信念？」

「你為什麼相信？以什麼相信？」季晴夏在我耳邊輕輕說道：「若是哪天站在你面前的是十惡不赦的我，你也有辦法相信我嗎？」

「我當然可以。」

「這是盲從喔。」

「這不是──」

季晴夏用手指輕輕按上我的嘴，堵住了我即將要說的話。

「我希望哪天，你是依照自己的信念說出這句話的。」

「……」

晴姊的話，像是在說現在的我並沒有自己的信念。

但是我明明有。一直追著晴姊，就是我想做的事，就是我的目標。

「小武，現在你可以開啟『病能』，感受一下我的身體。」

「可是，晴姊剛剛不是才說……」

「就這一次，沒關係的。」

我開啟「病能」。

可能是她沒穿衣服的關係吧，我可以更加容易的感受到她全身所散發出的氣息。

於是我知道了，季晴夏是以多麼真誠的心情說出現在的話。

「我一直很擔心你，小武。」季晴夏以極其溫柔的聲音說道：「我擔心你因為過於瞭解人類、過於目視他人的醜惡，所以無法跟他人來往相處。」

「晴姊……」

我終於明白了，她為何會以全裸的姿態跑進我房間。

她是為了說這番話而來，為了讓我理解她的認真、她的真心。

「小武，比起事實，更重要的是你的信念，別忘了這件事。」

「可是，晴姊，我很弱小，即使我有了信念，我又能做什麼呢？」

雖然肉體和大腦經過季晴夏改造，可是我的心志極其弱小。

我此時此刻所做的事，就是我脆弱的最好證明。在我心志無法承受時，我甚至會創造出季晴夏的幻影，然後向這個虛無的影子撒嬌。

「小武，這個世界上，一定有著弱小的你才能做到的事。」季晴夏露出溫柔的笑容，「你並沒有你想的那麼糟糕。」

這些言語，都是過去的她在我沮喪時安慰我的話。我只不過是重播它，讓此時的我得到些許慰藉。儘管心中知道那不是真的，但我依然為此而感到開心。

季晴夏緩緩開口說：「小武，我很喜歡一句話。」

「我知道，晴姊跟我說過——」

搜尋腦中過往的回憶，我將季晴夏喜歡的話說了出來：

「『當你生時，一人哭，眾人笑——』」

「『當你死時，一人笑，眾人哭。』」

接上我話的季晴夏，露出自信的笑容說道：「這句話很有意思，當嬰兒出生時，大家都是笑的，只有嬰兒在哭；而當你臨死之際，你回憶過往人生露出笑容，身邊人卻為你的離去而不捨掉淚。」

「晴姊不是稍稍修改了這句話嗎？」

季晴夏微調了這句話，將調整過後的話當作自己的座右銘。我記得是——

「『當你生時，一人哭，眾人笑；當你死時，一人笑，眾人『笑』。』」

季晴夏用手指玩著我的頭髮，開朗地說：「剛出生時的事，我已經無法改變了；但我希望哪天我死時，不只有我露出笑容，而是所有我周遭的人都能露出笑容。」

「晴姊真厲害呢……竟能抱持這樣的願望。到底要怎麼做，我才能變成像妳這般充滿自信的人呢？」

「不管做了什麼，人都無法成為另外一個人的。」

「即使是晴姊也做不到嗎？」

「這是當然的，我無法成為小武，也無法成為雨冬。」

「晴姊已經夠完美了，根本不用想要成為任何人。」

「並不是這樣的……我也有做不到的事情。」

季晴夏遙望遠方，不知為何露出有些寂寞的眼神。

「有時我甚至希望，我能和雨冬一樣呢……」

「為什麼呢？」

「因為這樣你就不會用崇敬的眼光看著我，而是會以平等的身分看待我。」

「……我不該崇敬晴姊嗎？」

「沒那回事。」

季晴夏恢復了原本的模樣，對我露出一如往常的微笑。

「還是……妳並不想被這樣的我給崇拜呢？」

兩年前，我沒有拯救妳，而且還連帶傷害了季雨冬。

我有時甚至會思考，這樣弱小的我，究竟能做到什麼？

「放心吧，小武，你可以做到任何事情的。」

可能是為了要強調她所說的話，季晴夏再度重複了一次：「小武，你可以做到任何事情的。」

「為什麼？」

「因為——」

看著我，她露出了再自信不過的笑容，說出對我來說最有說服力的話：

「因為你是季晴夏的弟弟。」

「嗯……」

是的，因為我是季晴夏的弟弟，只要這個理由就夠了。

我關掉「病能」，季晴夏的身影從我身後消散。

因為開啟了「三感共鳴」，我感到疲憊至極。

感受著還留在耳邊的聲音，我緩緩閉上了雙眼，進入夢鄉。

DANGER! DANGER! DANGER!

院長

病能

僅存實話。

病能領域

三十公尺見方。

疾病源頭

強迫症（Obsessive-Compulsive Disorder，簡稱 OCD）。

強迫症的起因目前仍不明，一般人對強迫症的認識，通常來自於某些強迫性的行為，例如計數、拚命洗手、不斷確認家中的瓦斯或電器是否有關好。患者彷彿被「強迫」去做某些行為，並不斷的反覆，有時甚至會一天洗上上百次的手，直到手都脫皮流血。
但這些外顯的反覆行為並不是患者真正該注意的地方，逼迫患者去做這些行為的原因，源自於他們心中巨大的「焦慮感」，要是不做某些「特定行為」來舒緩心中的焦慮，他們會連正常生活都沒辦法過。
若要舉一個較為接近的比喻，就類似你住在一個治安極端差的地方，你會因為想要疏解心中的不安全感，所以不斷反覆確認門是否有鎖好。若是把這「焦慮感」和「疏解不安感的行為」放大百倍，就類似強迫症了。
院長的強迫行為是「必須說實話」，要是說出口的話帶有虛假，她就會陷入幾乎無法承擔的焦慮中，所以她在把話說出口前，都會不斷思考自己的話是否有錯誤。
她的病能領域在病能者中算是廣大的，只要是處在她領域中的人，就絕對無法說謊。也因為長久以來處在只能說實話的環境中，所以她能很輕易地看穿他人的真心。

DANGER! DANGER! DANGER!

Chapter 2 凶手在我們之中

睡夢中，我再度夢到了兩年前的慘劇——

紅色的警報聲不斷響著。

無數屍體堆積在地上，我跨過那些死去的身軀，朝著季晴夏的所在位置跑去。

在某個所有人都要參加的會議中，研究所的所有人都發了狂。

他們喪失了理性，不是互相殘殺就是自殺。

有的人甚至撲上來想要把我殺掉，處於極限狀態的我，只好動手將他們全都消滅。

雖然殺人的手感讓我差點吐了出來，可是心繫季晴夏的我暫時忽略了這個事實。

我開啟「病能」，然後發現了——

在研究所的中央之處，散發著一股巨大的恐怖。

——就是這個怪物。

在這瞬間，我肯定了。

就是這個怪物，將所有人都逼入了絕境……

「——快起來！」

一陣搖晃將我從睡夢中喚醒！

我睜開眼來，眼前是季晴夏的右臉。

「晴姊……？」

「就說別再把奴婢錯認成姊姊大人了！」

——啪的一聲！

「要是下次再這麼做，奴婢就直接賞武大人耳光了。」

「說什麼下次！妳已經這麼做了！」

我一邊撫著被打紅的左臉，一邊對季雨冬進行抗議！

「抱歉，奴婢修正一下剛剛的說法。」季雨冬輕咳兩聲後說道：「奴婢就直接賞武大人耳光了。」

——啪的一聲！

「妳可以不用修正沒關係！」

害我又被多打了一次耳光！

「別這麼說嘛，耶穌也說過啊，當別人打了你右臉時，你要乖乖的站在原地，然後對打你的人鞠個九十度的躬之後說聲謝謝——」

「耶穌沒有叫人類變得這麼M！」

我有些無奈地搔了搔後腦杓，對跪在我床前的季雨冬說道：「而且，妳這種奴婢也太奇怪了吧？」

「哪裡奇怪？」

「從沒聽說過哪個奴婢對主子這麼無禮的。」

「要不然，武大人覺得正常的奴婢應該怎麼做才對？」

「應該要更卑微、更尊敬一點——」

「武大人在上——」季雨冬三指著地，朝我行了一個禮後道：「請問奴婢可以打武大人耳光嗎？」

——啪的一聲！

我第三度被打。

「絕對不是這樣吧！」

「這姿勢還不夠尊敬嗎？那我換一下。」

她蹲了下來，一副要蓄勁跳起來揍我一拳的模樣。

「武大人在我拳頭上——」

「妳已經直接點明是拳頭上了啊！」

我趕緊按住她的右肩！阻止她的行動！

「話又說回來，武大人這種主人也很奇怪啊。」

突然，蹲在地上的季雨冬抬起頭來說道。

「……哪裡奇怪了？」

我不懂為何我一直被打，還要被指責。

「既然是主人，就拿出主人的魄力和威覺，以高傲的態度對奴婢下令啊！」

「嗯……」

雖然不是很擅長，但真要做的話或許還是做得到。

我在腦中描繪那個場景——

「雨冬。」

「在。」

我單手扠腰，以充滿自信的態度道：「叫聲姊姊大人來聽聽！」

「姊姊大人。」

「很好——啊……」

我下意識的……模仿晴姊了。

因為在我心中，最高高在上的人就是季晴夏啊。

「奴婢該死！」

季雨冬向我重重磕了個頭！

「奴婢一直沒察覺武大人心中潛藏著想要變成女孩子的渴望，這是奴婢的失職！」

「不，妳不需要這麼認真的道歉……」

「別再說了！武大人——不，武姊姊！」

地上的季雨冬，不知為何從袖子中拿出一把閃亮的剪刀。

「就讓奴婢助你一臂之力吧！」

「妳想做什麼！」

我趕緊握住她拿著剪刀的手腕。

「奴婢只是想幫助武大人，讓武大人的下半身更貼近自己尊敬的姊姊罷了。」

「為什麼特別局限在下半身！」我把她手上的剪刀奪了下來，「而且，不管怎麼做，都不會有人能變成晴姊的。」

「是的，不管怎麼做，都無人能變成姊姊大人。」

在這瞬間——

季雨冬以只有一半的臉龐，露出了有些虛幻的笑容。

「即使是身為雙胞胎的妹妹都做不到。」

「妳……」

看著她此時只有一半的透明微笑，我想起了兩年前的往事。

那也是我對季雨冬所犯下無可饒恕的過錯——

「武大人。」跪在我面前的她低下頭來說道：「請你別管奴婢，一直注視著前方的姊姊吧。」

「那麼……妳怎麼辦呢？」

「身為下人，本來就該默默跟在武大人身後三步。」

「妳……什麼都不要嗎？」

「奴婢只想待在武大人身後。」

——不想超過你，也不想並肩而行。

「奴婢在兩年前的那天，就決定要這麼做了。」

她說的是實話。

事實上，她也從不曾跟我說謊。

在她的臉上，是一抹讓人心痛的笑容。

我想開口說些什麼，可是張開嘴的我，什麼話都說不出來。

這些年來，我和她過著兩人生活。

為了不讓他人被季雨冬身上散發的「病能」所殺，除了我之外，從未有人踏進這房間。

即便是我，也多次因為不小心誤入季雨冬左方，差點被她的「病能」給刪除。

所幸我的「病能」很特殊，我能靠著「超感受力」確認自身的存在，所以即使踏入季雨冬左邊，我只要開啟「病能」，就能毫髮無傷的走出來。

季雨冬身上的特殊狀況，讓她這兩年來幾乎跟坐牢沒有兩樣。

她關在不過十坪的房間中，能看到的人只有我。

無法外出又喪失半邊身子的她什麼事都無法獨立完成，每天都過著只有吃飯、睡覺的單調生活。

可是儘管如此，她仍一句怨言都沒有。

她每天都以平和的笑容叫我起床，以跪在地上的姿態迎接我回來。

季雨冬的表現，就像是她所說的——

她什麼願望都沒有。

但是，這樣無慾無求的人類，真的存在於這世上嗎？

「雨冬——」

就在我要開口的那刻——

異變突然發生了！

——ALARM! ALARM! ALARM! ALARM! ALARM! ALARM! ALARM!

紅色的警報聲響起！

整個研究院被紅色的光芒所籠罩。

遠處隱隱傳來震動和巨響，就像是有什麼龐大的東西在移動、關閉似的。

「這是……『最高級別』的危險警示？」

這所研究院在進行病能者的研究時，有時會出一些意外。在這幾年中，就曾發生過藥物外洩、實驗體失控之類的事情。

當這些意外發生時，研究院中都會亮起警示燈。

但不管是哪種意外，都沒像現在這般，亮起最高級別的紅色警示。

只要這個警示出現，通往陸地的唯一通道就會完全封閉。

看來剛剛聽到的巨響，應該就是出口被封起來的聲音。

「發生什麼事了？」

我開啟「病能」，讓「視覺」和「聽覺」二感共鳴。

延伸感知，我以自身為中心，畫出一個半徑一公里的圓。

有如探測器一般，我專注的感知這個圓中，究竟是哪裡出了異常。

就在三十秒後，我發現了——

在某個緊閉的房間中，所有研究員都在自殺和互相殘殺。

這種不合理的情狀，很顯然跟病能者有關。

有某個不知名的病能者，正在以他的「病能」影響這個房間的人，使他們陷入瘋狂！

我將所有知覺和注意力鎖定在那個房間，就像將顯微鏡的倍率調高那般，我將房間的狀況不斷放大。

——刺耳的慘叫聲。

——不斷消逝的生命。

他們臨死前的哀號迴盪在我耳邊，從體內噴出的大量血液也不舒服地黏在我的視野中。

我感到心中一緊，就像是被狠狠掐住了心臟。

因為……

此情此景，竟跟兩年前幾乎一模一樣！

那時，我們所處的研究所也是突然陷入了這樣的情狀，所有人都開始自殺和互相殘殺。

「怎、怎麼會……」

兩年前的慘劇，為何在這所研究院中又發生了？

等到我發覺時，我已丟下季雨冬，趕往異變之處。

人類為了保護自己，會給予自己的肉體限制。

但是當遇到緊急狀況時，人類就會將這個限制給解除。
火災時的怪力、死前所看到的慢動作重播都是如此。
我發揮「病能」，以「超感受力」感受自己的身體。
不管是肌肉的收縮還是血液的流動，都在我的掌握中。
這讓我得以解除肉體的限制器，並以最有效能的方式運用自己的肉體。
此時的我，一百公尺只需要五秒。
過快的速度讓我的身影化作一道灰影，幾乎要看不清。
雖然異狀產生之地距離我的房間有大概半公里遠，但我仍花不到三十秒的時間就到了異變之處。
可是，一切都已經來不及了。
房內的慘叫聲轉為一片靜默，整個房間安靜得讓人不安。
我試著要打開眼前的大門，但是以精鋼鑄成的大門被鎖了起來，完全無法撼動。
「喂——！裡頭有人在嗎？回答我！」
靜悄悄。
完全沒有人回應。
我有些著急，因為現在可是分秒必爭的緊急狀態啊！
「看來……只好這麼做了。」
我雙眼一睜！決定將「病能」開到「三感共鳴」！
左手背的圖案轉為「眼睛」、「耳朵」、「舌頭」，我的瞳孔也成了「三」的形狀。

蹲著馬步，我深吸一口氣！

「喝！」

重重地往前踏了一步！整間研究院因為我這腳為之一震！

感受著地上傳來的巨大反作用力，我將力量導入身上——扭腰、轉胯、出拳！

最完美的姿勢、最完美的角度，打在門最脆弱的地方。

幾乎沒有讓這股力道有絲毫減損！

「——破！」

轟的一聲！

眼前的兩扇鐵門就像被大卡車撞到一般被我的拳頭給打飛——門插進後方的牆壁處，發出「喀喀」兩聲巨響！幾乎要完全沒入牆壁中！

「呼……」

我深吐一口氣，將「病能」改回「二感共鳴」。

一股疲軟湧了上來，讓我一個踉蹌差點跌倒。

開啟的感官共鳴越多，對我身體和大腦的負擔就越重。

但現在不是在意這個的時候，我趕緊打起精神，朝房間內的場景一看——

「嗚嘔……」

我差點吐了出來。

濃厚的血腥味充滿整個房間，屍體幾乎鋪滿整片地板。

我捂著口鼻，小心翼翼的往房間深處走去。

死亡人數約莫有二十人，都是這個研究院中的研究員。

我用「病能」察看房間中的屍體，確定沒有任何一個人有生命跡象。

這些屍體的死狀都很奇異，有的是自己抓破喉嚨而死，有的則是拿著刀刺向彼此，同歸於盡。

這些人死前的表情，都帶著顯而易見的恐懼。

就像看到什麼無法承受的恐怖，所以只好以死逃避。

我繼續環視這個房間。

所有屍體都倒在地上，但有一個身影例外。

這個身影落在所有屍體的正中央，以正坐的姿態背對我。

「總覺得……有既視感。」

對了……

兩年前，也是這樣。

一個人站在屍體堆上看著我。

「——小武，你終於來了。」

一個聲音在我腦中出現。

「嗚……」

眼前的情景開始搖晃。

我的腦內發出異響，對時間的認知也開始混亂。

正坐在屍體中央的身軀與過去的幻影重疊，向我吐出了言語。

「——小武，這就是人類的恐懼。」

我已搞不清楚究竟是誰對我說話了。

宛如時光倒流，過去的情景與此時的慘狀重合在一起。

滿地的屍體、將牆壁染紅的大量鮮血，以及——

站在屍體堆中的晴姊。

「——這些人都是我殺的，小武。」

我最憧憬的晴姊以滿布血痕的臉龐，對我露出一如既往的微笑。

「啊啊啊啊啊啊啊啊啊啊啊啊啊——！」

就跟兩年前一樣，我發出大喊。

眼前的情景大幅搖晃！

巨大的恐懼壓在我身上，讓我幾乎喘不過氣來。

雖然第一瞬間想要奪門而逃，但渴望知道真相的最後一絲理智還是阻止了我的腳步。

畏懼的我緩緩將目光轉向屍體中央正坐的背影——

「拜託……」

——拜託不要讓過去的事重演。

要是出現在眼前的是一直遍尋不著的晴姊，我想我一定會崩潰吧。

但是，當看清正中央之人的身影後，我總算稍稍冷靜下來。

「不是晴姊……」

我撫著胸口，重重的喘著氣。

「那個坐在屍體中的人，不是她……」

感受自己的體溫和心跳，我藉著不斷對自己說話冷靜下來。

「晴姊不可能出現在這邊的，絕對不可能……」

等到我終於平靜下來，已經是五分鐘後的事情了。

恢復理智的我，終於有餘裕察看坐在屍體中央的人是誰。

我轉到了背對著我的屍體前方——

「怎麼會……」

當看清那人是誰後，震驚的我忍不住退了幾步。

嬌小的身軀、穿著和服的身影，那人以正坐的姿勢優雅地坐在地上。

因為脖子的大動脈被切斷，所以從中灑下的大量鮮血使她身上的和服變得更加豔紅。

她長長的眼睫毛化作陰影落在白淨的臉龐上，使她整個人就像是在沉睡一般。

「竟然是……院長。」

「病能者研究院」的院長，罹患「強迫症」的「病能者」，就這樣死在了這個房間中。

——喀。

一聲輕響。

就在我打算要上前察看時，院長平常一直帶在身上的扇子從她緊握的手中滑落。

藍色的光之粒子從扇子周遭消散，變回蝴蝶印記回到了院長的左臉頰上。

看來，她是在死前拚盡最後一口氣，將「病能領域」覆蓋住了扇子。

我低頭思考了一會兒後，很快地就明白院長為什麼要這麼做。

因為這表示：不管是誰在扇子上寫了什麼，都必須是「實話」。

照這樣看來，扇子中極有可能藏著什麼重要的留言。

我撿起扇子，將它攤開。

本來一片白淨的扇面，院長以血寫上了死前遺言——

「殺死我們的凶手，是這所研究院中的病能者。」

看到留言的當下，我的腦中一片空白。

那無疑是院長的筆跡，擁有「超感受力」的我不可能認錯。

而且，這扇子直到剛剛都以「病能領域」籠罩住，不可能做假。

不管從哪個角度去解讀院長的死前留言，都只能得到「殺死這個房間的人，是研究院中的病能者」這一事實。

換句話說……讓這房間所有人慘死的凶手，此時極有可能還在這個研究院中？

——鏘！

一把銳利的刀子就這樣突然從我後方出現。

冷冽的金屬抵住我的脖子，只要輕輕一劃，就會讓我人頭落地。

「不准動。」

寒冰般的女性聲音在我耳邊響起，瞬間將我的身形給定住。

奇怪？這個人是怎麼瞞過我的「超感受力」，突然現身在我後方的？

竟然等到她出手將刀子抵在我脖子上時，我才發現到她的存在。

「……妳是誰？為何要取我性命？」

雖然心中十分懼怕，但我仍強裝鎮定詢問。

身後的女人面對我的疑問，緩緩開口說道：

「我之所以想要取你性命——

「是因為你就是殺了這裡所有人的凶手，季武。」

雖然以正常人的角度看不到身後之人的姿態，但對擁有「超感受力」的我來說，這個常理並不適用。

我延伸自己的感知，觀看身後之人的身影。

這個人有著精緻的五官、冷冰冰的表情，一股凜然之氣從她身上散發出來，讓人感覺很難親近。

她身高比我稍微矮些，約莫一百七十公分，如雪般的白色長髮俐落的在身後紮著長馬尾。

然而最引人注目的還是她的身材，她有著高且纖瘦的體態，一絲贅肉都沒有的身軀充滿著力量和彈性，雖然皮膚很白，但不知為何讓人感受到一股充滿活力的健康美。

她身上的裝扮也非常奇異，上半身是無袖的白色上衣、下半身則是開衩到大腿根部的短裙以及宛如草鞋的鞋子。

這副打扮既像忍者又像武士，也像是兩者混合之後產生的服裝。

這名神祕女子的脖子處圍著紅色布條，上頭寫著一些奇形怪狀的黑色梵文，像是某種封印。而代表「病能者」的藍色蝴蝶印記就藏在她的布條下。

她的腰間以做工精細的紅色腰布綁著，腰布中插著一把武士刀，刀鞘上纏滿了鐵鍊。

好奇的我放大刀鞘部分仔細一看，這才發現那些並不僅僅是鐵鍊而已，而是無數的手銬，這些手銬的樣式都不一樣，層層疊疊的纏在刀鞘上。

「季武，你為什麼要殺了院長他們？」她以幾乎要凍傷人的語氣向我質問。

「人、人不是我殺的。」我試著向身後那名神祕女子解釋。

「院長的死前留言不是寫了嗎？『凶手是這所研究院內的病能者』。」

「那也不代表一定是我啊！」

「這個房間的人都是自殺和互相殘殺而死，這種奇異的死狀，毫無疑問是『病能者』所造成的。」

「我的『病能』無法造成這樣的狀況！」

「但只有你可能是『凶手』。」

「為什麼！」

「你知道嗎？季武，這所研究院中有一間中控室，中控室會隨時隨地偵測院內的『病能者數量』。」

「那又如何？」

「我在來這間房間前，已經先到中控室看過了，這所研究院內的病能者，若是扣掉外出和執行任務的數量後──只剩下『三人』。」

「三人……？」

「是的，『此時在研究院中的病能者，只有三位』。你應該知道這意味著什麼吧？」

我混亂的腦袋不斷思考。

身後的神祕女子脖頸上有著藍色蝴蝶印記，所以她也是病能者。

若說研究院中的「病能者」只有三位。

那麼，就是我、季雨冬、神祕女子三人。

「院長在死前使用了『病能』，所以那把扇子上的遺言毫無疑問是事實。」

「那妳為何能這麼篤定凶手就是我！」

「因為我不是凶手，而季雨冬一直關在你的房間中沒有外出，若是使用刪去法，很容易就能得到『凶手是你』的事實。」

在神祕女子說話的期間，我不斷用我的「病能」感測她的身體狀況。

她的體溫和呼吸都沒有任何紊亂和變動。

這表示──她所說的一切都是實話。

此時在研究院中的「病能者」只有三名，而她說「自己不是凶手」也是事實。

「等一下！」

雖然知道她沒有說謊，我仍提出質疑。

「我從沒在研究院內看過妳，妳也有可能是『凶手』。」

雖然可能性很小，但只要在說出謊言的那刻，身體和心跳都沒有改變，就有可能瞞過我的「超感受力」，在我面前說謊。

這個神祕女子是凶手的可能性，並不等於零。

「那是不可能的。」

神祕女子以冷淡的聲音回應了我。

「為什麼？」

「我的名字是葉藏。」

「葉藏……？」

「我的家族一直以來的工作，是負責處理、斬殺『犯罪者』。」

「那又如何？」

「你竟問我那又如何——」

我感受到她本來毫無波紋的內心起了漣漪。

就像是一顆石頭投入了平靜的湖中，濺起巨大的水花。

葉藏的心跳加快，體溫也開始上升。

雖然她只有微皺著眉頭和輕咬下嘴唇，表情並沒有什麼明顯的變化，可是從過去的經驗我知道——

她正感到憤怒。

而且，這股憤怒並不小，已經到達了「憎恨」的地步。

「這所研究院的院長——」

葉藏身上的殺氣陡然膨脹！

「是我母親。」

——銀光一閃！

緊貼著我脖子的刀子揮了下來！

在這瞬間，敏感的我知道自己正面臨生死關頭。

所以，我毫不猶豫的開啟了「三感共鳴」！

這一刻，所有事物在我眼中都變成了慢動作！

因為刀子是從我脖子處開始揮下的，所以已經沒有任何可供閃避的空間。

現在唯一能做的事情就是——

我將所有知覺集中在葉藏的刀子上。

她的斬擊是從左水平向右。

注意刀的軌跡，分析它的力道！將刀子化作我身體的一部分，與其融合為一！

運用全身的肌肉、骨骼，我將自己化身成葉藏的斬擊！

葉藏的刀子持續右揮，而我整個人也以與刀子完全相同的速度持續向右移動。

宛如刀子黏著脖子——宛如刀子是我身體的一部分。

直到葉藏斬擊的力道揮盡後，刀子仍是緊貼著我的脖子處，我毫髮未傷。

「就像是一個人在空揮練劍，毫無著力之處……」

面對這樣的情景，葉藏十分驚訝。

趁著她動搖時，我趕緊用大拇指和食指夾住刀身。

葉藏雖然不斷用力，但開啟「三感」的我，將所有能幫助這兩根指頭的肌肉都用上了。

這使得葉藏不管怎麼使勁，刀子都像鑄在石頭中，一動也不動。

「『凶手』……不是我。」

我試著在話中灌注意念，希望我身後的葉藏能相信我。

「唯有你有可能是『凶手』，而只要是罪惡——」

葉藏的眼中閃過一絲冷冽的光芒。

「——那就得消滅！」

她將左手按上右手，以雙手的力量揮下刀子！

「去死吧！」

葉藏拚命的向右揮刀，而我則以兩根手指頭阻止她的刃鋒。

儘管葉藏的力量很大，但是「三感共鳴」的我勉強能與她打成平手。

竟然能跟解除人類限制器、完美運用肉體的我相抗衡——而且又是在沒有開啟「病能」的狀態。

看來剛剛從她身上讀到的身體資訊並不是假的，她擁有鍛鍊到極限的肉體，甚至可以說是超越了人類的極限。

此時——我感到腳下一陷！

因為我們對峙的力量過大，使得立足之處凹陷了下去。

就像是被鎚子重重敲了一下，我感到眼前的景象一晃！

「啊啊啊啊啊啊啊！」

藉著大吼，我重新站穩腳步！

鮮血從嘴中冒出！眼中也流下了血淚！

要繼續與葉藏抗衡是沒有問題，但要是持續開啟「三感共鳴」的狀態，我的大腦負荷會過大。

——不能再這樣下去了！

「我不能死！」

我還要找出晴姊。

在找出晴姊前，我無論如何都不能死！

「喝啊啊啊啊啊啊啊啊啊啊——！」

我用力一踏！

——喀哩！

腳下的水泥地迸出裂痕。

「裂開吧啊啊啊啊啊啊啊啊啊啊啊啊啊啊啊啊啊啊啊啊啊！」

——轟！

腳下的地板轟然裂開！

我和葉藏同時向下方的房間墜去，我趁機朝她的身體踢了一腳！

葉藏和我以相反的方向飛離彼此，解除了相互僵持的狀態！

我轉過身去，終於真正意義上與半空中的葉藏視線相交！

雖然剛剛已經以「病能」感知過她的模樣，但等到實際用雙眼捕捉到她的面容時，這才發現她比我原先感知的還要美麗。

——宛如一朵俏立於高嶺的花。

她有著細細的眉毛、緊抿的薄唇，整個人散發著凜然不可侵犯的氣息。

「季武！」

半空中，葉藏舉起了手上的刀，將刀尖對準我。

她以堅毅的表情向我說道：「我一定會鏟除你這個罪惡的！」

「我說過，我不是『凶手』，而且——」

我看準葉藏的落地之處，舉起剛剛落下時，偷藏在手中的石塊。

「我完全沒有想要跟妳打的意思！」

分析地板結構、找出最有效率的擊破方式——

目標：打出一個只有葉藏會落下的洞！

「破——！」

擲出石塊的我，在葉藏正下方打出一個約一人大小的洞！

就算妳身體能力再怎麼高，也不能在空中轉變方向。

順利著地的我就這樣看著葉藏從我打出的洞，往下面的樓層墜去！

「沒用的！」葉藏向我喝道：「只不過多掉一層樓，我馬上就能跳上來——」

「誰說只有一層樓的？」

我拋了拋手上的「一把」石塊。

「該不會——」

「就是妳想的那樣。」

我丟出了第二、三、四、五、六、七、八、九、十顆石頭！

——碰碰碰碰碰碰碰碰碰九聲響！

葉藏下方的地板不斷破裂，使得她不斷往下墜去！

「可惡啊啊啊啊啊啊啊啊啊——」

葉藏的聲音漸行漸遠、越來越小——

雖然有點擔心她一次墜十層樓會不會出事，可是從她的肉體來判斷，她應該能毫髮無傷的著地才對。

「看來……暫時是不會有事了。」

確定葉藏一時之間回不來後，我馬上癱坐在地。

我一邊喘著粗氣，一邊拭去臉上的血淚。

「呼、呼、呼、呼——」

因為解除了「病能」，所以我左手上的印記也回復到了原本的蝴蝶形狀。

——眼前的情景瞬間變得模糊。

「『知覺共鳴』開啟的時間太久了……」

而且又是開到「三感共鳴」的狀態。

然而這沒辦法，要是不認真一些，我在剛剛就會被葉藏給殺了。

一股深深的疲倦籠罩住我，讓我前方的情景開始扭曲。

不行……

絕對不能睡著。

還有好多謎團沒解開。

這所研究院只有三個病能者……

凶手是研究院內的病能者……

凶手……就在我們三人之中……

與我的意志相反，我的身體被越來越重的睡意給拖住……

我緩緩閉上了雙眼。

季武

病能

超感受力。

病能領域

僅能以一層薄膜的狀態覆蓋住自身。

疾病源頭

感覺相連症（Synaesthesia）。

想像你的大腦中有五個區域，分別掌管視覺、聽覺、嗅覺、味覺、觸覺。當你感受到外在的刺激時，這些刺激就像貨物一樣，分別運送到大腦中應該負責的區域。顏色就送到視覺管理處，香味就傳到嗅覺管理處——以此類推。

感覺相連症的患者，腦中這些區域是混合的，所以他們可以「看見」聲音的顏色、「聞到」影像的味道。

傳說，每兩萬五千人中就有一個人會把兩個以上的感覺相連起來。有不少音樂家聲稱自己看得見聲音的顏色，例如知名法國女鋼琴家海倫・葛莉茉（Helene Grimaud），俄國的音樂家史克里亞賓也曾舉辦過「聲光音樂會」，讓不同的音階對應到不同的顏色上。

季武在十二歲時得到感覺相連症，而他最特別的地方在於他的「五感」都混合了，就算只是聽到一句話，他也能從那句話中感受到氣味、味道、聲音和溫度等等。

這本只是一種感官上的現象，但在經過藥物和肉體的改造後，季武的五感可以互相共鳴（以「視覺」聽聞觸嘗，以「嗅覺」聽視觸嘗……並讓上述兩者互相加乘）。感官共鳴讓季武得到超越常人數千倍的超感受力，並能以此能力去感測他人的想法和進行戰鬥。

Chapter 3 沒有凶手的案件

在睡夢中，我夢到了過去與季晴夏的初次見面——

季晴夏是個天才。

這項事實沒有任何人會質疑。

在她年僅十二歲時，她就將她建立的「病能者理論」付諸實行，製造出了這個世界上第一個「病能者」——也就是我。

五年前的我和現在極為不同，若要用一句話來形容——

那就是只活在自己的世界。

一般來說，感覺相連症的患者，通常只有「兩感」或是「三感」互相混合。

但是我不同，我「五感」都混合了。

對一般人來說應該分開感受的視覺、聽覺、味覺、嗅覺、觸覺，對我來說是同一件事。

就算只是稍稍看了眼前的人一眼，我也會同時知道他的味道、聲音、氣味和溫度。

過多的外界刺激相互加乘，不斷在我腦中迴響，使我的大腦完全無法承受。

就連自己的呼吸聲，都是我無法承擔的刺激。而最麻煩的是——我無法關掉我的

「五感共鳴」，所以我只能終日抱著頭，忍受著頭好像要裂開的巨大疼痛。

我被困在自己創造出來的絢麗世界中，完全無法看見正常的世界。

而這時將我拯救出來的，就是季晴夏。

她將我的異常認知封印在左手背上的蝴蝶印記，以她的手驅散了那對於我來說過於豐沛的世界。

我永遠記得那一天。

因為，那是我第一次能以正常人的視覺注視這個世界的一天。

「初次見面，季武。」

在我面前的季晴夏，對我露出了笑容。

「我的名字是季晴夏，也是拯救你世界的人。」

「……」

我沒有回應季晴夏的話，只是專注地看著她的臉。

——沒有色塊填滿她的臉龐，也沒有吵雜的聲音和奇怪的氣味。

我緩緩地伸出手去，宛如對待易碎之物般摸著季晴夏柔軟的臉龐。

「沒有、沒有……」

不管怎麼做，那些共鳴出來的感官刺激都沒有出現。

兩行淚水從我眼中流出。

「原來……人類是長這樣的啊……」

就算眼中流下淚水，我的頭也不會感到疼痛。

我終於確信我的「五感共鳴」被關了起來。

「季武，你還記得以前的事嗎？」

季晴夏的問題，讓我呆愣了一下。

我這時才發現，我什麼都想不起來。

不管我怎麼絞盡腦汁，我都想不起過往的回憶。

或許是「五感共鳴」感受到的世界，對人類來說太過絢爛。

那些過量的知覺訊息填滿了我的腦袋，將我舊有的記憶全都擠掉，一點都不剩。

或許，那是個人類不該看到的世界。

碰觸到禁忌的我，也因此付出了喪失過去的代價。

在我眼前的季晴夏單手扠著腰，露出專屬於她的自信笑容道：「既然你沒有家人又一無所有，那麼之後你就當我的弟弟吧！」

「弟弟？」

「是的，我雖然有個雙胞胎妹妹，卻沒有弟弟，早就想找一個來玩玩看了！」

「這是什麼奇怪的理由……」

「這是『季晴夏的理由』。」

毫無邏輯可言。

真要說的話，這句話其實有點自大，因為感覺這世界都要依季晴夏的想法去運轉。

但不知為何，從季晴夏嘴中說出來，就覺得這句話沒有任何問題。

世界本就該依照她的想法轉動。

「至於我的妹妹雖然跟我同年紀，但就請你當她的哥哥吧。」

「為什麼？」

「因為她需要的是一個能站在她前方、為她遮風擋雨的存在。」

「嗯……？」

「而且，她也會幫助你的。」

季晴夏以一副看穿未來的語氣說道：「人類真是不可思議啊，當有了必須守護的存在後，就算拚了命地往前跑，也會為了等待後方之人而適時的停下腳步。只要雨冬待在你的後方，想必你就不會因為過度被我吸引而迷失方向吧？」

「抱歉，我聽得不是很明白……」

「現在聽不懂沒關係，終有一天你會懂的。」

季晴夏伸出手來，拉住了我的右手道：「小武。」

「小武……是在叫我嗎？」

「當然啊。」

季晴夏哈哈大笑，將我從地上拉了起來。

「叫聲晴姊來聽聽。」

「可是……妳又不是我真正的姊姊。」

「沒關係。」

她露出彷彿太陽一般明亮的笑容。

「重要的是，你是否『相信』。」

牽著我的手，她往門外的亮光處走去。

「從今天起，我就是你的姊姊，你就是雨冬的哥哥了。」

從後方望著她的身影，我的眼淚再度奪眶而出。

我深切地明白，我被這個人所拯救。

從今以後，或許我也會這樣被她拉著，追著她的背影往前跑。

「武大人。」

一陣輕柔的搖晃將我從過去的夢中搖醒。

這次，不知為何我沒再認錯。

「雨冬……」

「是的，奴婢是雨冬。」

跪在地上的季雨冬向我行了一個禮。

我打量了一下四周，確認了自己現在依然待在命案現場下方的房間中，而季雨冬的旁邊有著一臺輪椅，看來沒辦法用左手和左腳的她，是藉著那個輪椅趕到這邊來的。

「我倒下去多久了？」

「詳細時間奴婢不知道，但或許有十分鐘那麼久吧。」

「我竟睡了這麼久……」

「不過，武大人你的身體是不是有哪裡不舒服？」

季雨冬將手覆蓋到了我的額頭上。

「嗯？怎麼這樣問？」

「因為，武大人竟沒有在醒來時把奴婢錯認成姊姊大人。」

「……我又不是二十四小時都在想晴姊。」

「武大人竟然墮落至斯！」季雨冬一臉震驚地說道：「竟然臉不紅氣不喘的公然說謊！奴婢不記得有把武大人教成這種孩子！」

「這種彷彿我老媽的口吻是怎麼回事……」

「奴婢認識的武大人，應該是一個喜歡姊姊大人喜歡到讓人覺得很噁心的存在才對啊！」

「妳說話一定要這麼直白嗎！」

「哎呀，武大人不否認嗎？」

「…………」

我裝作沒聽到她的話。

「說什麼『追著她的背影往前跑』……」季雨冬面孔微微扭曲地說道：「仔細想想，這根本就是『跟蹤狂』吧？」

「我才不是跟蹤狂呢！」

「哎呀，姊姊大人寄放在奴婢這邊的髮夾一不小心掉了——」

——鏘。

我反射性的彎下身子，將季雨冬掉在地上的髮夾給撿了起來。

「…………」

「…………」

「…………不是的。」

「什麼不是？」

「就是──不是的……」

季雨冬看著我的眼神不知為何有些冰冷，被那樣的眼神一看，我不由自主的冷汗直流。

「請問被告武大人有沒有什麼話想辯解的？」

「雨冬──」

「叫我雨冬大人。」

「哪有姿態這麼高的婢女──」

「被告有罪，死刑。」

「這樣就死刑！」

不過是抗議了一句！

「請問被告有沒有什麼遺言想交代的？」

「已經跳到遺言這個階段了嗎！」

「現在這個時代，講究『快狠準』──執法要『快』，處刑要『狠』，判決結果稍有不『準』也沒關係。」

「準確才是最重要的吧！」

「──我有異議！」

「有異議的是我！而且那句臺詞也不是法官說的！」

「我沒有異議了！」

「──那妳就別說啊！」

根本亂七八糟！

「總之……」

季雨冬收起玩鬧的態度，以擔心的眼神看著我問道：「武大人的身體真的沒事吧？」

「嗯，沒事。」

我試著簡單做了幾個動作，示意她不用擔心。

「話又說回來，一直待在房間的妳，怎麼突然跑到這邊來了？」

「因為奴婢很擔心武大人。」

以略微溼潤的雙眼看著我，季雨冬突然丟了一個直球出來。

「因為……奴婢很擔心武大人會出什麼事……」

「……」

看著她低垂著頭的模樣，我不知道該說什麼好。

雖說她從不對我說謊，但有時面臨她一時之間流露出的真實情感，我不知道該怎麼回應才好。

所以，我看向別處，將話題轉移開來。

「……妳在路上有遇到誰嗎？」

要是有人誤闖季雨冬的左邊，可是會忍不住想要自殺的。

「沒有，最高級別的紅色警報一響，所有人都到了避難區。」

「嗯……」

研究院雖不大，但生活在裡頭的也有幾百人。

只要紅色警報發出，就會全部集中到特別建造的避難房中。

我開啟「兩感共鳴」，發現周遭靜悄悄的，一個人都沒有。多虧了如此，從季雨冬身上散發出的「刪除左邊」才沒有誤傷任何一人，季雨冬或許也是知道這一點，所以才敢走出房間來找我。

照這樣看來，現在在研究院內走動的，說不定只有我、季雨冬和葉藏這三個人。

「武大人，到底發生什麼事了？」

「我們先到研究院的出口處看看吧，在路上時我順道跟妳說明情況。」

我抱起季雨冬，將她放到了輪椅上。

推著輪椅，我們開始往研究院的出口移動。

事實上，我不太關心這場意外是怎麼發生的，甚至連「凶手是誰」這件事，我也沒有太大的興趣。

看著季雨冬瘦弱且只有一半的背影，我心中這麼想：

只要能保護她安全就好了。

我不想重蹈兩年前的覆轍。

所以，比起找出「凶手」，現在更該做的——是想辦法逃出這所研究院。

「真是詭異……」

在路上聽完我的說明後，季雨冬喃喃說著她的感想。

我在她右後方推著輪椅，小心的不碰到她左邊的黑暗。

雖然比不上季晴夏，但季雨冬也是個絕頂聰明的人。在她身後的我盡量不發出聲音，期待她能思考出什麼東西來。

「先來整理一下狀況。」

「嗯。」

「狀況是：在某間房間，院長和二十個研究員發了狂，開始自殺和互相殘殺。」

「沒錯。」

「院長死前留下了遺言，而從那個遺言中，我們可以解讀出一個訊息：『凶手是研究院內的病能者』。」

「是的。」

「後來，葉藏出現，說『研究院內的病能者只有三位』。」

「在紅色警報發布後，研究院的出口登時關住，若葉藏沒有說謊的話，我覺得這個數字接著是不會再變動的。」

「那麼，從『凶手是研究院內的病能者』、『研究院內的病能者只有三位』這兩件事來看，可以得到怎樣的結論呢？」

「……雖然很不願這麼想，但唯一得出的結論就是：『凶手就在我們三人之中。』」

「院長和研究員都是自殺或是互相殘殺而死，這種奇異的死法，極有可能是『病能者』搞的鬼。那麼，我們三人中，誰的『病能』最有可能造成這樣的狀況呢？」

季雨冬從寬大的衣袖中拿出了紙筆，「唰唰唰」的邊寫邊說道：「先來統整一下我們三人的資訊吧。」

季武——

病能：超感受力。

病能範圍：自身。

病症源頭：感覺相連症。

季雨冬——

病能：刪除左邊。

病能範圍：三公尺見方。

病症源頭：忽略症。

葉藏——

除了知道是病能者外，其他一切不明。

指著紙上統整出來的資訊，季雨冬向我問道：

「武大人覺得誰是『凶手』？」

「我和妳都不是『凶手』，若單純用刪去法來看，葉藏才是『凶手』。」

「為什麼這麼說？」

「她的『病能』不明，若是她的『病能』是散發異常認知，迫使人類自殺或互相殘殺的類型，那麼這一切就說得通了。」

「雖然武大人說得頭頭是道，但武大人的表情卻跟口氣完全相反呢。」

季雨冬將頭向後一仰，對我露出微笑。

「武大人的表情，就像是在說『你其實不認為葉藏是凶手』，對吧？」

「……是啊。」

我曾用「病能」觀測過葉藏。

她對院長——也就是對她母親死亡的憤怒是貨真價實的。

而且從她身上，散發出的是一股「嫉惡如仇」的氣息。

想必只要是她認定為罪惡的事，她就會毫不猶豫的將其鏟除吧？

這樣的人，真的會用她的「病能」殺了自己的母親和所有研究員？

「不過，這樣就更說不通了。」我皺起眉頭道：「『凶手是研究院內的病能者』、『研究院內的病能者只有三位』——然後我們三位都不是凶手？」

這完全不合理。

記得曾在偵探小說上看過，只要把不可能的答案刪掉，剩下的就是正確答案。

但是，當我們把不可能的選項都刪掉後，卻發現眼前已經一個答案都沒有。

這已經跳脫「不可能犯罪」的範疇，而是「不可能出現的犯罪」了。

「還是說……『病能者研究院』的出口並沒有完全關閉？所以研究院內的病能者其實並不是『三位』？」

就在我這麼說時，我和季雨冬已經抵達了病能者研究院的出口處。

「哇啊……」

我和季雨冬同時仰頭發出驚嘆聲。

當我們看到出口處是怎麼封閉時，我們登時知道「出口並沒有完全關閉」這個推論是錯的。

研究院的出口只有一個，而現在這出口被一道足足有十公尺高的鐵門給關了起來。

我敲了敲鐵門，從回饋的聲響和觸感判斷，我可以感受得出這道鐵門非常厚實，可能必須開工程用鑽孔機，才有一絲絲的機會破壞這道門。

換言之，若是僅憑人類的力量，是絕對無法將其破壞的。

「會不會是『病能者』使用了什麼『病能』，破壞了這道門後逃出研究院呢？」

「可能性很小……」

「為什麼？請武大人為奴婢解惑。」

「病能者的力量，來自於『異常認知』，是極為單純的『對人類力量』。」

對人類的威力極大，但是對非人類的事物就沒有任何效用。

「也就是說，絕大多數的病能者，都無法破壞這道鐵門囉？」

「若是我這種『病能』可以影響自己肉體強度的類型就行，但我這種病能者畢竟是特例。」

即使是我，大概也要開到「四感共鳴」才能破壞這道鐵門吧。

「看來病能者也沒這麼恐怖嘛，竟連一道鐵門都解決不了。」

「不，『病能』的使用方式千奇百怪，若是使用得當，瞬間殺掉世界的一半人口也是有可能的。」

「喔？」

「舉個例子，若是妳『刪除左邊』的『病能範圍』可以擴展到全世界這麼大，那麼位於妳左邊的人，不就會全部自殺嗎？」

「嗯嗯。」

坐在輪椅上的她點了點頭後，看著眼前的鐵門問道：

「那麼，武人人可以打破這扇鐵門，讓我們逃出研究院嗎？」

「我想……可能有困難。」

「為什麼？」

「除了鐵門外，鐵門後方還有『某種』很恐怖的東西。」

真不愧是最高層級的警報。

打開鐵門後，還必須走過一段五百公尺長的海中通道才能抵達上方的陸地。

但是現在這個通道，已被「某種事物」填滿。

「那個『某種事物』是什麼？」

「我試著感知看看……」

將自己的耳朵貼在鐵門上，我開啟「兩感共鳴」延伸自己的觀感，讓自己的觸感穿透鐵門，抵達後方——

——**死**。

「嗚喔！」

被嚇了一跳的我迅速將身體抽離鐵門！

——死死死死死死！

但是，剛剛沾染到的死之氣息依然沒有饒過我！

——我是死的。

——我是個死人。

「雨冬，打我！」

——啪！

「這樣不好吧，武大人，竟然要一個婢女打你？」

「妳都已經打了還這麼說！」

現在沒時間吐槽雨冬了！

我閉上眼，專心感受著臉上的疼痛，試著從中確認自己的身體——

我的皮膚因掌擊而微血管破裂，開始紅腫。

以這份痛覺為支點，我確認自己是個有知覺的活人。

「沒錯，我是活的——」

——即使如此，我還是個死人。

「啊啊啊啊！」

死之氣息逐漸填滿我的認知，讓我幾乎就要相信自己是個死人——

不妙，再這樣下去真的不妙！

我會……死？

「小武。」

此時，一個低沉的聲音響起。

「身為季晴夏的弟弟，你怎麼可以死呢？」

我轉過頭去，只見季雨冬模仿季晴夏的模樣單手扠著腰，露出了自信的笑容。

宛如季晴夏的身姿將我的知覺拉了回來。

沒錯！我是季晴夏的弟弟。

我怎麼可以這麼簡單就死掉！

「我是季武。」

瞬間開啟「三感共鳴」，我藉由吼聲驅除腦中的「死之氣息」！

「——我是活著的季武啊！」

隨著我的叫喊，某種純白的霧氣從我的身上迸發出去！

成功活下來的我不由得跪倒在地，呼呼喘著氣。

「武大人還好嗎？」

「好、好危險，差點就死了。」

「只要是為了姊姊大人，武大人即使死掉也可以活過來啊？」
「不要把我說得好像只要有晴姊，就什麼都做得到好嗎？」
「只要是為了姊姊大人，武大人應該連呼吸都辦得到吧。」
「我不用為了她也能呼吸！」
「──咦！」
「妳在震驚什麼！」
「那個為了把姊姊大人全身上下都看盡，所以才有了『知覺共鳴』的武大人──」
「我不是為了這個目的才有這種『病態』的！」
我是因為罹患「感覺相連症」！別把我說得好像變態一樣好嗎？
「那麼，擁有『感覺相連症』的武大人，剛剛在門後到底感受到什麼了呢？」
「我想……那大概是『科塔爾氏妄想』。」
「『科塔爾氏妄想』？那是什麼疾病？」
「若要用一句話說明這個疾病，我想那就是──『死亡錯覺』。」
「科塔爾氏妄想」，是由強烈的憂鬱症所引發的認知疾病。
羅病者會「誤以為自己已死」，不管你跟他說了什麼，他都會覺得自己是個死人。
「患者會躺在棺材中，甚至不吃不喝直到自己死亡。」我敲了敲鐵門說道：「而在通往陸地的通道中，就瀰漫著這股『死亡錯覺』。」
所以我剛剛才差點死掉。
開啟知覺共鳴的我，感受力是一般人的好幾倍，即使不是直接接觸這股「病態」，我也幾乎要被這個異常認知給吞沒。

眼前這道鐵門不知道是什麼特殊材質做的，竟可以將這股「病能」封印在通道中。

如此看來，就算打開鐵門也沒有用，沒有任何人可以通過這個「死亡錯覺」。

因為只要接觸到一點點，就會「誤以為自己已死」，身體的機能會極速下降，導致死亡。

「真是恐怖的『病能』……所以通道中還有一個病能者囉？」

「不，裡頭沒有任何病能者，單純只有『病能』。」

季雨冬一臉驚訝地問：「這是怎麼回事？」

「我之前曾聽說研究院在研究一種技術，在病能者發動『病能』時，單純的把『病能』抽出來裝進容器中。」

「嗯……」

季雨冬像是想到了什麼，眉頭緊皺。

「怎麼了？」

「武大人，若是把這個『死亡錯覺』裝進炸彈中，放在城市中引爆，不就成了一個超恐怖的武器嗎？」

「確實……」

城市中的所有人都會死亡，而人類以外的事物則安然無恙。

搞不清楚狀況的人看到這情景，甚至可能以為只是突然有傳染病流行。

「『病能者研究院』研究這種技術……到底是想做什麼？」

「這我也不知道，但是目前這狀況，只要不打開門，這個『死亡錯覺』就不會造成危險。」

「反之，若是打開，全研究院的人都會死掉吧？」

「……別說這麼可怕的事啊。」

「總之，武大人，可以確認這所研究院在關閉後，絕對沒有人可以進出，對吧？」

「當然。」

「總覺得現在的狀況，很像偵探小說呢。」

「咦？」

面對驚訝的我，季雨冬露出微笑說道：「『大型密室』、『凶手是研究院內的病能者』、『研究院內的病能者只有三位』——凶手就在我們三人之中。」

「的確，幾乎跟偵探小說一模一樣……」

「究竟是誰，又是為了什麼目的製造出這樣的狀況呢？」

「我不知道，但在無法逃離研究院的現在，只有乖乖把『凶手』找出來這一條路了嗎……」

「看來是這樣的。」

「可是……現在事情又回到原點了。」

我和季雨冬不是「凶手」，如此看來……只有葉藏可能是「凶手」嗎？

「武大人的思考有盲點喔。」

就在我不斷煩惱時，季雨冬突然開口。

「盲點？」

「武大人的前提錯了。」

「妳是不是想到什麼了？」

「是啊。」

「既然想到答案，就快說啊！」

「真的要說嗎？」

「有什麼好猶豫的？根本就沒有猶豫的理由吧——」

此時，我突然意識到不對勁。

季雨冬總是對我有話直說，但是，她只有在一種情況下不會這麼做。

——那就是我不該知道這件事情的時候。

「請武大人仔細思考『凶手是研究院內的病能者』這句話，別把前提搞錯了。」

季雨冬用筆將紙上的三人圈了起來。

「武大人和奴婢都在『凶手』的可能名單內，武大人不能擅自將我們兩個從嫌疑人中給去除。」

「可是……我們不可能是『凶手』……」

「是這樣嗎？」

季雨冬不知為何將輪椅停下，走下輪椅跪在我的面前。

「……」

「……」

我們面對面，一句話都沒說。

不知為何，我的心中有著強烈的不安感。

過了良久後，季雨冬打破這股沉默向我說道：「武大人是不是忘了奴婢身上散發的『病能』是什麼？」

「『刪除左邊』……」

刪除所有在季雨冬左邊的事物。

「那麼，若是有人闖到奴婢左邊，那會怎樣呢？」

「他會覺得自己不該存在，進而自殺——咦？」

當說到這裡時，我的腦中浮現了命案現場的情況。

所有人不是自殺就是互相殘殺。

若說我們三人中，有一個人的「病能」能造成這種慘狀——

「是的。」

季雨冬頭伏下，向我行了個禮。

「奴婢就是『凶手』。」

「…………咦？」

這不可能！

案發時，妳明明就在我身邊！妳不會有任何機會可以到命案現場散發「病能」，使那些人自殺而死！

就在我想要開口問得更清楚些時——

「我找到你了。」

一個冷冰冰的聲音從身後響起！

我轉頭一看，只見葉藏拔刀向我砍了過來！

我以左手拉著季雨冬的腰帶，瞬間開啟「二感共鳴」。

觀測葉藏眼光注視的地方、仔細感受她的手腕動作，我馬上就預判出她斬擊的軌跡。

她的刀子打算從我身體的左上方往右下方砍去！

我本來想要移動腳步閃避，但當我看到她刀子揮擊的方向後，馬上就知道我什麼都不用做。

可能是因為對季雨冬的「病能」不熟悉，葉藏竟將刀子揮到了季雨冬左側的黑暗中。

「咦？」

感到奇怪的葉藏停止了動作。

從她的角度看，一定會覺得自己手上的刀子怎麼突然就不見了吧。

葉藏不是一個帶著季雨冬這樣的負累，還能進行對戰的對手。

趁她此時猶豫的瞬間，我的腦中不斷轉著想法。

雖然不知道葉藏的「病能」是什麼，但我的「病能」在與人對戰這方面幾乎是無敵的。

要憑一己之力與葉藏對戰，想必不會有什麼問題。

所以我現在最該採取的行動就是——

將季雨冬帶離這個地方，並專心的與葉藏對抗。

「雨冬。」

我將季雨冬放到了輪椅上，對她說道：「妳緊緊抓好輪椅，不要亂動。」

「武大人，你想做什麼？」

「我要將妳送回我們住的房間。」

「咦？可是，我們的房間離這邊還很遠，奴婢要自己過去嗎？」

「我說過了，我要將妳送過去。」

我將雙眼閉上，放大自己的感知，將研究院的地圖在腦中畫出來。

這裡離我們房間有多遠？

五百公尺？一公里？不，是一點八九公里。

雖然這段路程中一個人都沒有，可是雜物十分多。

「三感共鳴」——不對，「四感共鳴」才夠！

我將雙眼睜開，瞳孔已變成了「四」！

八十個房間、三百道走廊。

視、聽、味、嗅覺全開的我，將兩公里內的所有事物都印在了腦中！並將這個領域化為了我所理解的世界。

不僅僅是看見、感知到而已，我同時知道了空間中所有事物的材質、彈性——甚至連哪裡有汙損都感受得到！

我將雙手抵在季雨冬的輪椅後方！

——碰！

重重的踏了一腳！我將腳底的地板給踏碎！

我知道要用多大的力道、多少的角度施加在輪椅後方，才能得到我想要的結果。

未來的景象浮現在我眼前——

順著我的力道，季雨冬會在三百公尺之後撞到轉角的椅子反彈，並以幾乎讓人無法看清的速度持續向前——

一共有八個轉角，會撞到十七個雜物。

計算是完美的。

憑藉我的感知，我可以預測輪椅的行進，讓季雨冬藉由類似彈珠臺的方式一路彈到我們房間！

「去吧啊啊啊啊啊啊！」

我將身體積蓄的力量一口氣釋放出來，將這些力道灌注在輪椅後方。

——嘰！

輪椅以子彈一般的速度往前飛去，因為速度過快，甚至在地面上留下了兩道燒焦的印痕！

「咿咿呀呀喵喵啊啊啊——！」

就像在坐雲霄飛車，季雨冬發出奇怪的慘叫聲漸行漸遠！

「呼……」

我呼了口氣，身體的態勢在我無法控制的狀況下一垮，差點讓我跌倒。

這是我「病能」的最大缺點。

人類之所以將感知分開來，是因為人類的大腦本來就不能承受過多訊息。

雖然我有經過藥物和訓練改造，但是只要開啟「病能」，那些過多的感知刺激就會讓我的大腦產生負擔。

我剛剛的計算，已經等同於超級電腦。

這樣的空間感知和力道分析，本就是人類不該涉足的領域。

所以，要是我過度使用自己的「病能」，大腦說不定會就此毀損。

我深吸一口氣，強自打起精神來。

──現在還不是鬆懈的時候。

將「病能」轉為「兩感共鳴」，準備對付葉藏──

──咻！

一根鐵鍊從我臉龐旁飛了過去。

──碰！

一聲大響從我身後傳來！

我緩緩轉頭一看，只見輪椅翻倒在地，季雨冬倒在地上一動也不動，身上有著擦撞傷的血痕，像是已經昏迷的樣子。

剛剛從我臉旁飛過的鐵鍊並不是單純的鍊子，而是手銬環和手銬環之間的連結鐵鍊！在剛剛，我只不過用了零點零一秒恢復呼吸。

但就是抓準了這麼一瞬間的空檔，葉藏拋出了她刀鞘上纏著的手銬，將季雨冬的輪椅給銬住，破壞了我的計算，同時也阻止了她的脫逃。

「只要是罪惡，就別想從我面前逃跑。」

手中拉著鍊子的葉藏，以冷冰冰的態度向我說道。

我看了看眼前的她，又看了倒在身後的季雨冬。

拳頭不自覺握了起來。

「葉藏……」

「什麼事？殺人凶手。」

「基本上，我是個有些膽小的人，一旦遇到事情，我第一個浮現在腦中的想法其實是『逃跑』。」

所以，當院長的命案發生時，我做的第一件事不是找出凶手，而是帶著季雨冬往研究院的出口處前進。

「我是絕對不會讓你逃走的。」

葉藏將刀抽了出來，對我擺出了中段的架勢。

「雖然我的『病能』很適合跟人對戰，不過其實我很討厭打架，也幾乎沒主動找人打架過。」

「那你要投降嗎？若是你投降，我可以暫時饒你不死，等到問清楚你的目的後，再決定要怎麼處置你。」

「若是之前的我會接受吧，但是現在的我沒有辦法。」

「為什麼？」

「妳知道嗎？這世上只有兩件事能讓我感到憤怒。」

我緩緩向葉藏走去。

「一個是傷害了晴姊，一個是傷害了雨冬。」

──碰、碰、碰。

無數的低鳴從我腳下響起。

凡是我走過的地方，都裂開了一個又一個腳印。

不自覺的，我越走越快、越走越快──

真是的，沒想到不成熟的我，連壓抑自己的情緒都做不到。

「那麼乾脆──」

就別忍耐了吧！

「妳這混蛋！準備被我痛打一頓吧！」

我開啟了「兩感共鳴」，往葉藏的方向衝去！

這是我這輩子第一次痛罵女孩子，也是第一次認真找人打架！

葉藏的肉體或許已經到達了人類的極限。

我之所以擁有凌駕於常人的強大力量，是因為解開了肉體的束縛器，以及對這個世界擁有幾近完美的理解和計算。

可是與我對戰的葉藏並沒有開啟「病能」，她單單以她常人的肉體，就拉住了我以「四感共鳴」推出去的輪椅。

我不知道她是怎麼鍛鍊的，也不知道她到底經歷過何等嚴苛的訓練。

但是，只要是人與人之間的戰鬥，我的「病能」就占了絕對的優勢！

藉著觀測，我將葉藏的身體動作盡收眼中。

——接著她會右腳往前踏，用右手揮出刀子！

那麼，也不用花太多力氣。

我閃進她的身體內側，拉住她往前揮的右手，順道蹲下身子用背一頂！

頂上去的力道和她往前的力道相結合，這股巨大的力量推動葉藏，讓她就像子彈一樣往前方飛了出去！

若是照這樣繼續進行下去，葉藏會重重的撞上牆壁，進而昏厥。

但是，她也不是省油的燈！

——鏘！

解開刀鞘的鐵鍊，她將手銬往上方丟了過去。

一般來說，手銬的構成都是兩個鐵環，中間則是鐵鍊。

但葉藏此時丟出的手銬與一般的手銬不同。

她將環的部分握在手中，另一端卻是削尖的鐵塊。

尖端處「碰」的一聲插進天花板中！

葉藏拉著手銬，停住了往前飛的態勢，也免除了重重撞到牆壁上的厄運。

「你的『病能』……比我想像中的麻煩多了。」

單手拉著鐵鍊在空中搖晃，葉藏皺起了眉頭。

「再怎麼樣妳都無法打贏我的。」

從妳的肉體和呼吸中，就能判讀妳的下一步動作。妳若要打我左邊，我只要往右閃就好，我甚至能借力使力，直接往妳臉上招呼一拳。

「我能看到妳未來的動作，所以，妳永遠不可能摸到我。」

之前和妳對峙時之所以會開到「三感共鳴」，是因為被妳搶得了先機。

但若是正常對戰，只要「兩感共鳴」就足夠對付妳了。

「要認輸了嗎？只要妳跟季雨冬道歉，我就原諒妳。」

「我怎麼可能向『罪惡』道歉。」

葉藏放開握著手銬的手，從空中「答」的一聲落到了地上。

「……不要逼我將妳打暈。」

「要是做得到就試試看吧。」

葉藏將右手放在刀柄上，擺出了要拔刀的居合斬姿勢。

「速度對我而言沒有意義，就算是刀術中號稱最快的拔刀術，我也能在妳出手的那刻阻止妳。」

「殺人兇手，你知道『武術』的源頭是什麼嗎？」

「嗯？」

「『武術』誕生的目的，原本就是為了以小勝大、以弱勝強。」

一道光芒從葉藏眼中一閃！

在這瞬間——我那敏銳的感受力，偵測到了某種奇異的感覺從葉藏身體周遭散發出來。

……「很重」。

宛如她周圍的所有空氣都被她給吸了進去，她四周的空間開始凝固、變得堅硬。

「唯有『心、技、體』都完備，才叫做『武術』！」

刀光一閃——

「現在你所看到的，才是『葉藏』真正的『武術』！」

在這短暫的一瞬間，我反射性的採取了行動！

——別被迷惑了！

她周遭的空間並沒有產生變化！

葉藏紅色布條下的藍色蝴蝶印記依然完好，並沒有使用「病能」的跡象。

那不過是錯覺而已！

瞬間來到她身邊的我，伸出手去按住了她要拔出刀子的手！

只要這麼做，她就無法將刀出鞘——

「咦？」

——一片一望無際的大海出現在我面前。

在這瞬間，我優異的感知力將此刻感受到的狀況化作了意象。

我變成了大海中的一顆石頭，然後一股大浪朝我打來！

不管我多麼努力立定腳跟，我都無法改變海浪的走向，只能任由它吞沒。

我已經做得很完美了——甚至可以說是在一般常理上做的幾近完美。

我在葉藏發力之前按住了她的手，但不知為何，我完全無法阻止她的動作。

像是從一開始就沒有遭受任何阻礙，葉藏的刀以順暢的動作拔出、劃出幾乎要讓人看呆的完美弧線——然後朝我的腹部砍去！

「四、四感共鳴！」

在命懸一線之際，我將感官共鳴提到了「四感共鳴」！

這世界盡在我的掌握中，就連空氣中飄浮的微粒我都能看到。

將力量灌注在腳中，我用力往後一跳！

——碰！

過於強勁的力道將地板完全踏破！我的跳躍揚起了巨大的沙塵！

等到沙塵散去後，我已經和葉藏拉開了三百公尺的距離。

「殺人凶手，你知道嗎？」

葉藏將揮出的刀「鏘」一聲收回。

「我從五歲開始揮刀，至今揮了十一年，若單純論揮刀的次數，可能有上百萬次這麼多。」

「那又怎麼樣……這完全不能說明為什麼我無法阻止妳的動作。」

「『強烈的認知，能影響生理』，這是所有『病能者』的力量源頭。」

「但是，妳剛剛明明就沒有使用『病能』。」

「我是沒有用啊。事實上，自從我成為『病能者』後，我一次都沒有在戰鬥中使用過我的『病能』。」

「一次……都沒有？」

我驚訝的嘴巴微張。

「雖然得到了『病能』，但我很怕我不自覺的去依賴這股力量，讓自己疏於修練而變弱。所以，我對自己訂下了約束，不到生命的最後關頭，絕對不將脖子處的布條給解開。」

原來，那彷彿封印的紅色布條，是她對自己訂下的誓言……

難怪至今為止的兩次對戰中，都沒看到她使用「病能」。

「然而就算不使用『病能』，我也能鏟除那些罪惡的『病能者』，你覺得是因為什麼？」

「為什麼？」

「因為，我擁有『意志』。」

葉藏以堅定的步伐緩緩向我走來。不知為何，明明距離還很遠，但我竟像是被她的氣勢給壓倒，不自覺地往後退了幾步。

「我的『意志』，來自於我千百萬次的揮刀。」

葉藏將手放到刀柄上。

「這些練習和時間逐漸積累，成了我絕對不會動搖的認知——『沒有任何人可以阻止我拔劍和揮刀』。」

——唰！

就像切豆腐一般，葉藏拔出的刀將在她身前的一塊大石頭一分為二。

「我的刀中蘊含著『我的意志』，所以它永遠不會折斷；我的揮擊中存在著『我的武術』，所以它註定會出鞘。」

她以不管發生什麼事都不會動搖的雙眼，看著我說道：「這個意志，又豈是你這個罪惡可以抵禦的。」

「……」

啞口無言的同時，我也終於理解了葉藏那異常的力量從何而來。

儘管葉藏說是意志，但精確來說並不是這樣的。

強烈的認知，會影響生理。

所以在某些極限狀態時，人類會發揮出超越肉體的力量。

——雖然腿斷了，可是依然能跑。

——就算已經沒有生命跡象了，但依然仍在死後說出話語。

葉藏的鍛鍊，使她得到了堅定不移的「認知」，這認知在她拔刀揮擊的那刻影響了她，使她在那極為短暫的瞬間得以發揮出超越人類肉體的力量。

而且，因為葉藏的肉體已經逼近人類的極限，所以這成了只要是人類，就完全無法阻止的拔刀——就連開啟「感官共鳴」的我都辦不到。

明明沒有使用「病能」，卻因為「不使用病能」這個誓約，而得到了與病能者相仿的力量——這就是葉藏。

「不使用病能的病能者嗎……」

我在低頭喃喃自語的同時，也想起了院長死亡的那起命案。

我、季雨冬和葉藏都是嫌疑犯。

雖然季雨冬說「凶手」就是她，可是現在「病能」不明的葉藏也同樣嫌疑重大。

然而……從沒用過「病能」的葉藏，真的會使用「病能」，將房間的人都殺掉嗎？

若她不是「凶手」，難不成季雨冬真的就是——

我趕緊搖搖頭，驅散了腦中此時冒出來的想法。

別想這麼多了，季雨冬跟我約定過：她絕對不會對我說謊。

所以只要等她醒來，再詳細問她是怎麼回事就好。

現在應該注意的，是眼前不斷向我靠近、想要將我殺了的葉藏——

——我的眼前突然一黑。

眼皮在我無法控制的狀況下掉了下來，遮蔽了我的視野。

重重的疲憊感拉住了我的身軀，就像是要將我給按倒在地。

我都忘了……剛剛在危急時，我又開了一次「四感共鳴」。

強烈的副作用在此刻毫不留情的向我襲來。

好想睡……

好想就此……倒頭一睡……

——碰！

我雙膝跪倒在地的聲音，將我從睡夢中驚醒！

——不行！

我竟然在不知不覺間睡著了！

我咬破嘴唇，想藉著痛覺讓自己清醒些，卻效果不彰。

眼前的視野不斷搖晃、越來越模糊——

在幾乎要完全變黑的視野中，葉藏的腳步聲越來越近、越來越近、越來越近……

我要死了嗎……我的人生就要在這個地方結束了嗎？

我再也……無法見到晴姊了嗎？

「武大人。」

此時，一個身影擋在了我面前。

那個人跪坐在地上，左半邊被黑暗所吞沒——正是季雨冬。

宛如五年前的季晴夏，她轉過頭來，對我露出陽光般的笑容。

「武大人，奴婢曾說過，奴婢會一直跟在你的身後，奴婢並不想與你並肩而行，也不想走在你的前方。」

「雨冬……別過來……快逃……」

我發出嘶啞的聲音，希望季雨冬能快點逃離我的身邊。不過，她並沒有聽從我的話。在我面前，季雨冬以單腳緩緩站了起來。

「但是，有一種情況例外。」

或許是因為幾乎從沒在我面前站起來過，季雨冬的身影看起來異常高大。

她單手扠著腰，露出了充滿自信的笑容說道：

「那就是——」

「我必須成為姊姊的替代品，站在你面前保護你時。」

對著不斷進逼的葉藏，季雨冬以低沉的聲音說道：

「葉藏……接下來妳的對手，就是只有一半的季晴夏。」

DANGER! DANGER! DANGER!

? ?

病能

死亡錯覺。

病能領域

?

疾病源頭

科塔爾氏妄想（Cotard's Syndrome）。

此病也稱作「行屍症候群」、「活死人症候群」，是一種十分罕見的精神妄想症，患者雖然意識清楚，卻會認定自己已經死亡。「科塔爾氏妄想」在一八八〇年由法國神經學家科塔爾（Jules Cotard）首次提出，此後便以他的名字來命名此病。

此病的形成原因目前不明，病例也不多，患者的唯一共通點是都有著十分嚴重的憂鬱症，所以也有此病是從憂鬱症演變而來的說法。

患者因為自認自己是個死人，所以甚至會住在墓園、睡在棺材中，不吃不喝直到死亡。

罹患此病的「病能者」在第一集中未出現，為避免之後作者吃書和吃設定，在此就不做說明（？）。

DANGER! DANGER! DANGER!

Chapter 4

季雨冬的真面目

季雨冬為何會自稱奴婢，成為現在的模樣？

看著那與季晴夏極端相似的背影，我憶起了從前——

季雨冬是季晴夏的雙胞胎妹妹。

除了頭髮和氣質外，她們兩人幾乎沒有任何區別。

或許是因為季晴夏的光芒太過耀眼，所以，並沒有多少人留意到季雨冬這個人。

五年前，我因為季晴夏的命令成為她的弟弟，所以也連帶成了季雨冬的哥哥。

雖然我有著十分敏銳的感知力，可是我始終不明白季雨冬是怎樣的人。

過去的她話極端的少，也鮮少明確的表達自己的情緒。

她和季晴夏一樣，是研究所內的研究員，整天埋首在研究室中做著自己的研究。

但是，儘管做著一樣的事情，她仍沒有得到任何注目。

因為不管再聰明、拿到再高的成就，只要和季晴夏一比，登時就會成為不值一提的小事。

眾人的目光永遠在季晴夏身上，而季晴夏也不負眾人所望，發明出一個又一個的新穎事物。

我覺得季晴夏就像是太陽。

擁有耀眼的光芒和足以溫暖任何人的溫度。

可若是你過於靠近她，你就會被她的閃耀給灼傷、融化。

她的才能雖是上天給予的恩賜，但這同時也是給予她身邊之人的懲罰。

因為不管是怎樣的努力，在她的才華面前，都顯得可笑至極。

還記得……

我曾在五年前，看過一次季雨冬的真面目。

這裡之所以說是「真面目」，是因為自從那次後，我就再也沒見過她那種表情了。

那時，還是我剛成為季晴夏的弟弟時——

季晴夏發明的「病能者理論」確定成功，於是，研究所的人辦了宴會進行慶祝。

所有人都沉浸在歡樂的宴會中，盡情的唱歌、跳舞——但是有一個人例外。

我的「超感受力」，發現了躲在牆角的季雨冬。

她站在暗處，從遠方看著穿著晚禮服、閃閃發光的季晴夏，眼中不斷的流下淚水。

她緊握的手中，有著一張被她捏爛的紙。

後來我才知道，那張紙上寫著的是「病能者理論」的前置基礎。

雖然季雨冬花費了無數光陰建構，但她的努力成果不過是整個理論的一小部分罷了。

等到她終於將理論寫成論文，季晴夏早已超越她好幾步，將「病能者理論」付諸實行，製造出我這個「最初的病能者」。

她有不甘心或是嫉妒季晴夏嗎？我不知道。

我唯一知道的只有一件事——

從那天晚上起，季雨冬就不再做研究了。

她徹底地變成了另一個人。

她默默地站在季晴夏後方，幫她打理身後一切瑣事，讓她可以專心的進行研究。

就像是季晴夏的影子，她總是帶著無慾無求的笑容，隨著她的命令而舞動。

——宛如下人。

當我問季雨冬為何會變成這樣時，她帶著獻身般的笑容回答我：「因為，『婢女』這種角色，什麼都不會祈求啊。」

婢女唯一的祈願，就是待在主人身後，希望主人不要捨棄她。

「奴婢不想與姊姊大人並肩而行，也不想走在她前方。」

——只要什麼都不求，就不會因為期待而受傷。

「能待在姊姊大人身後，就是奴婢最大的幸福。」

不知為何，她臉上掛著的明明是愉悅的笑容，我看了卻心痛無比。

扼殺自己的渴望，就等同於放棄尋求自己想要的事物。

沒有夢想、沒有目標也沒有期待。

這樣的人生，還稱得上是幸福嗎？

看著季雨冬的笑容，我不由得開口問道：「那個……」

「嗯？」

「我也可以成為妳的主人嗎？」

「——咦？」

聽到我的問題，季雨冬驚訝的雙眼圓睜。

「就如妳所說的，婢女什麼都不會求，既然什麼都不求，那麼誰都無法給妳幸福吧？」

「那你為何又要——」

「我是這麼想的……婢女唯一的幸福，就是待在主人身邊，那麼只要我成為妳的主人，妳在我身邊就會感到幸福吧？」

聽到我這麼說，季雨冬愣愣地看著我，暫時停止了臉上的笑容。

「就算妳再怎麼無慾無求，只要是主人所給予的，妳都會視為幸福吧？所以，若我成了妳的主人——」

我有些不好意思的將眼光移開說道：

「我會努力讓妳比一般人還幸福的。」

「——噗。」

不知為何，季雨冬開始捧腹大笑！

「噗哈哈哈哈哈哈哈哈哈哈哈——————！」

笑到身體大幅前傾，季雨冬連眼淚都笑了出來。

「……為什麼要笑成這樣。」

「因為、因為不久前還是一個嚷著要自殺的小鬼，整天只會跟在姊姊大人身後跑，現在竟連這種話都說得出來了——啊啊，好好笑。」

「也不用說成這樣吧……」

雖然我也知道自己沒什麼用，但我好歹也是個男生，有著男生的尊嚴。

「呵呵……好久沒這樣大笑了。」

季雨冬用手指抹去眼中的淚水。

事後回想起來，我才意識到此時的她，臉上有著難得一見的「季雨冬笑容」。

不是婢女，也不是季晴夏的妹妹，而是屬於她「自己的笑容」。

「不過，我很開心你跟我這麼說。」

以季雨冬的笑容，她在我面前緩緩跪了下去。

「從今以後——你就是奴婢的武大人。」

向我深深一拜後，抬起頭的她對我露出幸福的笑容道：

「奴婢在此有禮了。」

時間回到現在。

解除婢女姿態的季雨冬站在我面前，與葉藏進行對峙。

「只有一半的季晴夏？」

聽到季雨冬這麼說，葉藏皺起了眉頭問道：「這是什麼意思？」

「姊姊為了驗證她的理論，也將自己改造成了『病能者』。姊姊的『疾病源頭』是『忽略症』，只要她發揮『病能』，所有位於她左邊的事物，就會從人類的認知中刪除。」

可能是因為化身成季晴夏，季雨冬的語氣、用詞都和平常有所不同。

用右手指了指左邊的黑暗，季雨冬說道：「在兩年前的『晴夏案』中，我失去了左手，大量失血讓我幾近死亡。而就在那時，姊姊切下她的左手，將左手移植到了我身上。」

「這就是妳無法關掉『病能』的原因嗎？」

「是的，因為我不是病能者，所以我無法控制姊姊左手所散發出的『病能』。」

「真是奇異的例子，但妳為何要跟我說這個？難不成妳想拿那個無法控制的『病能』對付我？」

「僅憑這種半吊子的『病能』，怎麼可能對付得了妳呢。」

季雨冬微微側身，此時，她左方的黑暗也隨著她的動作緩緩移動。

「沒錯，那是沒用的。」

走到我們前方的葉藏，停下腳步說道：「研究院中的所有病能者資料都在我的腦中，我可是知道的，妳的『病能領域』只有三公尺。」

她現在所站的位置，恰恰就在離我們三公尺遠的地方。

季雨冬左側的黑暗雖在葉藏眼前晃動，卻完全沒觸到她分毫。

「若是一不小心闖入妳的左側，就會被異常認知感染進而自殺，這是很恐怖的『病能』。但是只要不踏入妳的『病能領域』，妳又要怎麼與我對抗？」

葉藏說得對，季雨冬的身體能力只有一般女孩子水準，甚至可能比平均值還低，因為這兩年來她都關在房間中沒有外出。

兩者肉體的性能實在相差太多，所以不管季雨冬怎麼出其不意的移動，我想她都無法讓她的「病能」影響葉藏的。

她與葉藏之間的對峙，若說是人類最強VS.人類最弱也一點都不為過。

但不知為何，季雨冬看起來自信滿滿，一點慌張的樣子都沒有。

她挺起豐滿的胸道：「我要怎麼跟妳對抗？這還用問，當然是憑藉著人類偉大的『智慧』啊。」

「喔？雖然只有一半，但季晴夏的智慧想必不同凡響，請務必讓我好好見識。」葉藏的手擺上了刀，嚴陣以待。

面對這樣的葉藏，季雨冬顯得游刃有餘。

這副沉穩的模樣，看起來就和季晴夏一模一樣。

所以——

我不自覺的，看呆了。

「葉藏，從妳和小武之間的往來，我已經看穿了妳心中一直以來隱藏的事情！」

「嗯？我並沒有隱瞞任何事情啊。」

「妳有。」

「是什麼？」

「妳——」

季雨冬氣勢驚人的用手一指，大聲說道：

「是不是愛上了小武！」

「…………」

「…………」

我不自覺的，無言了。

不只我如此，一直以來像座冰山的葉藏也嘴巴微張，露出了難得一見的痴呆表情。

無視驚愕的我們，完全變成季晴夏的季雨冬上下揮舞著右手，興奮地說：「不管小武跑到哪邊，妳都緊追著他不放，妳一定是愛上他了吧！」

「不，我追殺他，單純因為覺得他就是『凶手』——」

「妳不用再說了！我都明白！」

季雨冬豎起手掌，強自打斷葉藏的解釋。

啊……真是熟悉啊，這種亂七八糟的感覺。

強制性的把大家捲進她的步調和想法中，這就是在季晴夏身邊會發生的事。

雖然是天才，但季晴夏有著許多不為人知的缺點。

其中一個就是這個——

超喜歡灑狗血的八點檔發展。

「想必妳一定是愛上我家小武了，可是妳因為害羞，所以只好用這種打是情罵是愛的方式來委婉表達自己的愛意——」

「等一下！這推論根本毫無道理吧！」

「這當然有道理。」

以不容質疑的眼神瞪了我一眼，季雨冬說出了專屬於晴姊的招牌臺詞：

「因為，這就是季晴夏的道理。」

「……好喔。」

她都直接下結論了，那我也不知道該繼續說什麼好了。

「等一下。」

站在前方的葉藏突然發話，表情似乎有些不悅。

看吧，被突然亂牽紅線，任誰都會不開心——

「請妳不要亂說話，造成季武的困擾好嗎？」

「沒錯，就是這樣表達自己的抗議——咦咦！」

葉藏的回應完全出乎我的意料之外！

不是造成「她」的困擾，而是造成「我」的困擾？

「怎麼可能會有人想跟我這種女人在一起呢？」葉藏一臉認真地說：「我想殺季武，純粹是為了鏟除罪惡，但是我沒有在罪犯死前折磨他的習慣。」

「折、折磨？」

竟然用這種形容……

「被硬是跟我這種渾身肌肉、一點魅力都沒有的女人湊成對，想必一定會噁心到想吐吧。」

「也、也沒這麼誇張啦。」

事實上，雖然感覺很難親近，但葉藏是個驚人的美少女。

尤其那雙從她短裙中伸出來的緊致長腿，一舉一動都有著非常強烈的存在感，讓人幾乎無法移開目光。

「我以前曾向心儀的男生告白，結果對方露出非常驚恐的表情，跟我說——」

可能是因為那個回憶太不堪吧，葉藏咬著下嘴脣，中斷了話語。

「他說了什麼？」

「喂！雨冬，妳也太不識相！就算覺得她這個人可憐至極也不能說，要在心中默默替她哀悼啊！」

「……我覺得小武你才是最過分的那個吧。」

「面對我的告白，那個男生不斷倒退，跟我說了：『我沒有跟男孩子談戀愛的興趣。』」

「…………」

看來，那個男生應該是誤以為葉藏是男人了。

總覺得……好尷尬。

說到底，聽到敵人的黑歷史，到底該怎麼反應才好啊？

「所以聽到回應後，妳有羞愧至死嗎？」

「喂！妳真的是有夠不會看氣氛耶！」

跟晴姊簡直是一模一樣！

「沒關係，刀就是我的情人……」

葉藏的眼神逐漸變得空洞，那是放棄一切的眼神。

她緊握著手中的刀說道：「『強烈的認知，能影響生理』，今天若我認為刀是我的情人，那它就會是我的情人。」

「嗚……」

我捂著嘴，努力忍住想替她流淚的衝動。

「所以妳千百萬次的揮刀，其實是不斷上下抽動男朋友嗎……」

「晴姊！不對，是雨冬！妳真的夠了喔！」

晴姊的壞習慣之一：有時會開黃腔。

「因為妳的刀中蘊含著『單身的意志』，所以它永遠不會折斷；因為妳的揮擊中存在著『妄想的男友』，所以它註定會從包著它的套子中出鞘——」

「不是套子，是刀鞘！刀鞘！」

剛剛那帥氣的臺詞瞬間變得好低級啊！

「沒關係，我這種女人被消遣也是應該的……」變得十分消沉的葉藏沮喪的說道：

「她只是點出事實而已，不要怪她……」

「…………」

我還真沒想到原來葉藏對自己如此自卑。

該不會季雨冬剛說的用「智慧」打敗敵人，指的就是這麼回事吧？

「當然不是啊。」

看穿我心聲的季雨冬否定了我的想法。

「胡鬧就到此為止吧，接著進入正題。」

季雨冬手扠著腰，對葉藏說道：「總之呢……葉藏。我覺得妳誤會很多事。」

「我誤會了什麼？」

「小武他不是『凶手』，妳仔細想想，他根本沒有動機這麼做吧？」

「我的母親關了你們兩年，對你們設下了限制：『要是不說出晴夏案的真相，就不能走出這所研究院。』若是季武對此心生怨恨，那也是有可能的。」

「殺了她之後呢？整間研究院封閉？誰都無法外出？」

「…………」葉藏沉默了下來。

看來她沒有思考到這點。

一直以來，我都被葉藏追著到處跑，根本無暇去瞭解她是怎樣的人。

但在季雨冬和葉藏的對話中，我看到了葉藏的另一面。

表面上，她看起來對「鏟除罪惡」這件事十分意志堅定，但似乎很多事都沒有思考清楚，只是單憑直覺而行動。

「就算撇開動機不談，小武的『病能』妳也見識過了，他的『病能』根本就無法讓他人自殺和互相殘殺，對吧？」

「沒錯……」

「沒有足夠的證據，就擅自將人定義為『凶手』，這就是妳所謂的『鏟除罪惡』？」

「…………」

葉藏的手離開了刀子。

我非常驚訝，明明季雨冬什麼都沒做，只不過說了幾句話，就讓葉藏落於下風。

「葉藏，妳的『信念』究竟是什麼？」

「只要是罪惡，我就會將其除去——」

「我不知道妳曾遇到怎樣的事，所以才有了這樣的信念。但是，這個信念是妳心中的『正義』嗎？」

「沒錯，那就是我的『正義』。」

「就算揮刀了千百萬次，可是妳有想過嗎？所謂的『正義』，並不是如妳所想的那般光鮮亮麗，即使讓自己的手沾滿鮮血，妳也依然有執行『正義』的覺悟嗎？」

可能是想動搖葉藏，季雨冬將右手往旁大張，大聲說道：「假設退一百萬步，小武就是『凶手』好了，現在站在他面前的我，拚死都要保護他，妳有斬了我然後再殺了小武的覺悟嗎？」

「我當然有。」

「即使我是無辜的？」

「那也一樣！」

不知為何，葉藏明明以驚人的氣勢在說話，卻給人一種逞強的感覺。

葉藏緊咬著下嘴唇，大聲答道：「袒護罪惡之人，也同樣是罪惡，既然是罪惡，那麼就該一併鏟除。」

她將手一揮，使盡全身力氣說道：「我絕對不容許一絲罪惡，絕對不會放跑任何一分罪惡。」

就在葉藏說出這些話時，我從她身上感受到了「某種」從沒感受過的東西。

那不是憤怒，也不是殺意。

——而是深深的懊悔。

她究竟是為了什麼而懊悔呢？

「那麼，妳就先試著把我殺了吧？」

「我沒有濫殺無辜之人的興趣。」

葉藏緊握刀子，目光一閃道：「但是，若妳繼續袒護季武，那就不一定了。」

「雨冬，別管我……快逃……」

我繼續勸著我身前的季雨冬。

「不用，沒關係。」

「可是……」

「要是連弟弟都保護不了，那我這姊姊還有必要活下去嗎？」

「——！」

我驚訝的抬起頭來看著季雨冬。

——這也是晴姊會說的話。

我突然感到有些混亂，眼前的她，究竟是季雨冬還是季晴夏？

「等一下。」

不知為何，聽到這句話後，葉藏身上的殺意突然大漲。

「我終於知道『凶手』是誰了。」

她的手重新按回刀柄上。

「兩年前的『晴夏案』有著許多謎團，但唯一可以確定的是，所有研究所的人都陷入了巨大的恐懼中，也因為這股恐懼，他們開始自殺或互相殘殺。而他們之所以陷入這樣的異常，起因都是因為『他們看到了季晴夏』。」

隨著葉藏的話，我的眼前再度浮現了兩年前的慘案。

——無盡的大火、成堆的屍體。

所有人看到季晴夏後，都陷入無法控制的恐懼中，互相抹殺彼此的存在。

「妳說得沒錯，所以大家才會說是『季晴夏殺了所有人』。」

「季晴夏有一個和她長得一模一樣的雙胞胎妹妹。若是在兩年前，季雨冬就死掉了——」

「那麼，此時站在妳面前的我會是誰呢？」

季雨冬露出挑釁的笑容。

「為什麼全世界的人都找不到季晴夏？因為妳一直假扮成季雨冬，生活在這所研究院中！」

「鏘」的一聲拔出刀來！葉藏用刀尖指著季雨冬說道：「妳用兩年前的『詭異病能』感染了我母親房間中的所有人，讓他們陷入絕望，使他們互相殘殺——這就是真相！」

——凶手是研究院內的病能者。

——此時在研究院中的病能者，只有三人。

葉藏的推論，與至今為止的線索都相吻合，可說是最為合理的真相。

但是，這之中有個很大的破綻。

——那就是我。

葉藏的想法，在一般的狀況下或許會成立，可是身患「感覺相連症」、感官知覺比什麼都還敏銳的我，是不可能認錯季晴夏和季雨冬兩人的。

我可以肯定，眼前的這人就是季雨冬。

「葉——」

就在我要開口說明時，季雨冬按住了我的嘴。

「就交給奴婢吧，武大人。」她回過頭來，向我悄聲說道：「奴婢會盡好該盡的職責，保護武大人的。」

「你們在說什麼？」

葉藏揮了一下刀，乾淨俐落的破空聲讓人不由得寒毛直豎。

「回答我！妳就是季晴夏嗎？」

「是的。」

季雨冬點點頭，以坦然的態度承認了這個事實。

她雖與我訂下約定，絕對不跟我說謊，但是這誓言囊括的對象，並不包括除我之外的其他人。

我不知道她現在為何要對葉藏說謊，但我相信她一定有她的用意。

現在的她扮演著季晴夏。

所以，她一定能完美的將事情給解決的。

舉著刀的葉藏厲聲質問：「那麼，妳是殺了研究員、殺了我母親的『凶手』嗎？」

「沒錯。」

「妳這巨大的『罪惡』——」

葉藏腳上使勁，就要衝過來！

但是，季雨冬在此時突然採取了一個意外的舉動！

她從衣袖中抽出了一把小刀——

往自己白嫩的脖子一劃！

鮮血就像是噴泉一般，不斷地從她破裂的大動脈之中噴灑而出。

「妳、妳在做什麼？」

驚愕的葉藏舉起刀來護在自己身前，擔心季雨冬是不是要使出什麼恐怖的「病能」。

但是，季雨冬的用意並不是如此。

「既然我這個『凶手』已死，那麼……妳就不用再追殺武大人了吧……」

露出笑容的季雨冬雙膝一軟，往後一倒。

腦中一片空白的我，下意識地接住了她的身軀。

雖然季雨冬的狀況很危急，但是我的腦袋陷入了完全的麻痺狀態，什麼都無法思考。

為什麼會這樣？

雖然只有一半，但是化身為晴姊的季雨冬，不是應該漂亮的把問題給解決嗎？現在這種自我犧牲的解決辦法，並不是季晴夏會採取的手法。

——就交給奴婢吧，武大人。

——奴婢會盡好該盡的職責，保護武大人的。

季雨冬剛剛說過的話從腦中浮現。

我大意了。

剛剛季雨冬是自稱奴婢，而不是以晴姊自稱。

「武大人，我不是說過了嗎……」僅剩一口氣的季雨冬斷斷續續地說：「不管是誰……都無法扮演姊姊的……所以……奴婢用了自己的方式拯救武大人……」

「妳、妳到底為什麼要這麼做？」

「這還有什麼好問的……」

季雨冬緩緩閉上雙眼，一絲血絲從她嘴邊流下。

「奴婢為主人犧牲……不是再自然不過的事情嗎……」

血緩緩地從臉頰落下，沒入了她左邊的黑暗中。

她總是什麼都不說。

無慾無求的她，總是默默地跟在我身後。

也因為這樣，我常常忘記要顧及她。

「啊啊啊啊啊啊啊啊啊啊──────！」

我放聲大喊！

兩年前我捨棄了她！

兩年過去了，我依然無法拯救她嗎！

「不！我絕對不允許這種事！」

我知道，我是個什麼都做不到的膽小鬼。

但是這樣的我，依然有著自己的願望。

不，或許應該這麼說吧，就因為有著身為平凡人的自覺，所以我才給自己許下了平凡的願望。

我希望我的家人幸福。

雖然我只有一個人，但是我想要盡我所能，給出兩份幸福。

──我想要讓晴姊和雨冬，露出打從心底幸福的笑容啊！

「我不要妳死！不──我不准妳死啊啊啊啊啊！」

我一邊大叫、一邊開啟了「四感共鳴」！

凝聚了所有我能利用的能量，我使盡全身力氣向地板揮出一拳！

──轟！

宛如被黑洞吞噬！以我為中心，整條走廊就像餅乾似的被砸碎、消失，成了一個漆黑的大洞！

在這個大洞中，無數的碎石飛舞！

抱起了季雨冬，我在碎石中不斷跳躍移動！

——就在掠過葉藏身邊的那刻。

我發覺她一動也不動地站在某塊碎石上，嘴中喃喃自語：「我必須鏟除罪惡，不管發生什麼事，我都不能放跑罪惡……」

即使我從她身邊閃過，她也沒有出手阻止，甚至連看我們一眼都沒看。

什麼也沒做的她很快地被捲入崩坍中，消失了身影。

在最後一刻，我似乎隱隱約約看到了她緊握著拳，像是很懊悔似的全身顫抖。

我不知道她為了什麼後悔，也不知道她會不會因為建築崩毀而出事。

但是現在的我無暇顧及她。

——我要救季雨冬！

現在的我，滿腦子只有這個想法。

之所以遠離葉藏，是因為我必須找一個能讓我極度專心的空間。

在研究院這種研究機構，理所當然存在著醫療室。

利用「病能」找到醫療室後，我馬上就開始了我想做的事。

「四感——嗚！」

劇烈的頭痛刺進我腦中，阻止了我開啟「病能」。

我知道我的身體在發出警示，要是繼續勉強自己使用「病能」，我的大腦一定會因此受傷。

但是——

「別阻止我救雨冬！混蛋！」

「碰」的一聲！我用頭大力撞了一下牆壁！強制停止腦中傳來的哀鳴！

「既然是我的身體！就乖乖聽我的話！」

我強制開啟了「四感共鳴」！分析季雨冬的身體！

血壓、體溫、心跳、血液流量，她身體的所有一切都映在我的腦中！

要是再這樣下去！二十秒之後她就會死！

也就是說，我只有二十秒可以修復她的身體！

舉起醫療室的手術器材，我以幾乎讓人看不到的速度揮動雙手，開始進行手術。

修復季雨冬的血管、肌肉、神經，使盡一切方法讓身體恢復機能！

十五、十四、十三、十二秒——

季雨冬的死亡倒數不斷的進行著。

不管是在認知還是生理上，這對我來說都是極為沉重的負擔。

在認知上，我必須完全感受季雨冬的身體，連一滴血、一條肌肉都不能錯過。

在生理上，我則必須以幾乎要讓身體受損的高速度進行極精密的作業。

眼前逐漸變得模糊！

除了疲倦削減我的意識外，從眼中不斷流出的血淚也間接妨礙了我。

十、九、八、七、六、五秒——

手術過程連一半都不到，我知道我無法在五秒內修復她的身體！

腦中不斷響著幾乎要淹沒意識的警報！劇痛讓我感覺腦袋似乎要炸開了！

「——別管奴婢了。」

在朦朧的意識中，我似乎聽到了季雨冬這麼說。

在兩年前，她也曾對我這麼說過。

「開什麼玩笑！」

臉上總是帶著笑容，說自己什麼都不求、什麼都不要！

既然是人類！就該求些什麼啊！

無慾無求的人，這個世界並不存在！

妳為何連開口說想活下去都不願意呢！

「五感……共鳴！」

無視腦中的疼痛，我開啟了最後一道知覺之門。

——在這瞬間，世界改變了。

所有在我周圍的事物都緩緩融化，喪失了原本的形態。

融化的事物變成了顏色、聲音、味道、氣味、觸感的混合體，現在的我，再也無法將這些本應獨立存在的知覺給分開。

但也多虧如此，此時的我能「理解」所有事物。

所以，並不只是神經、肉體、骨頭，我甚至能「感受到」季雨冬的細胞。

受損的細胞有兩百二十萬五千六百三十一個。

只要修復這些細胞，季雨冬甚至連傷痕都不會留下。

時間之所以不夠，是因為我只用「一把手術刀」進行手術。

明明就可以加快百倍以上的。

——我將手術刀完全捏碎，將其化作只有微米大小的鐵屑撒到空中！

這些必須使用顯微鏡才能看到的極微型手術刀，我以我的「理解」控制它們的走向，讓其抵達季雨冬的身體處時各有零點一毫秒的差距。

如此一來，只要讓肉體移動快些，就能以每零點一毫秒握住一把刀的速度進行手術。

——移除受損的細胞，挖取身體其他部分的細胞填補。

別說五秒了。

這麼簡單的作業，只要一秒就夠了。

「完成了……」

季雨冬的脖子光滑亮麗，完全看不出剛剛曾在生死關頭徘徊。

她的胸口微微起伏，恢復了平穩的呼吸——

「活下來了——嗚！」

我的眼前登時一片紅！

就算摀著嘴，大量的鮮血還是不斷從我口中流出。

不、不對——

不只是嘴巴。

眼睛、鼻子、耳朵都流出了鮮血。

果然……太勉強自己了。

無視身體的狀況，甚至將所有感官共鳴都打開來。

碰的一聲！我直挺挺的倒下。

身體已經虛弱得一點知覺都沒有，連撞擊地面的疼痛都感受不到。

啊……這次真的要死了。

雖然感覺自己似乎就要死去，但不知為何，我有些開心。

一直以來，我都認為自己什麼事都辦不到。

我沒有晴姊那般高超的能力，也沒有雨冬那樣堅強的意志。

卡在他們兩人中間不上不下的我，至今為止沒做出任何一件值得說嘴的事情。

但是……相比兩年前什麼都沒拯救到的我，此時的我在拚了命的努力後，挽回了季雨冬的生命。

晴姊……

我進步了嗎？

對於這樣的我……妳會給予稱讚嗎？

緩緩閉上雙眼，我很快地就什麼事都無法思考……

在人生的最後，讓我說說兩年前對季雨冬所犯下的罪吧。

兩年前，季晴夏所在的研究所陷入瘋狂。

異變產生的原因，正是「季晴夏」。

在某次研究所成員都必須參加的視訊會議中，所有看到季晴夏的人都喪失了理智。

陷入巨大恐懼的研究員，開始自殺和互相殘殺。

全世界的人都不知道為什麼會產生這種現象，但是我曾聽季晴夏說過原因。

之所以會如此，是因為「潛藏在人類基因中的恐懼」引爆了。

只要是曾對人類造成傷害的古老事物，就會在人類演化時，將這股恐懼刻在人類的基因中。

所以，人類本能的對蛇、火、高度之類的感到恐懼。

據季晴夏說，因為人殺人的歷史過於悠久，所以刻在基因中的恐懼早已到達極限。

所有人的腦中，都帶著這顆不知道什麼時候會爆炸的「恐懼炸彈」。

當這個「恐懼炸彈」引爆的那天，人類就會本能的對人類感到害怕，完全無法接受「人類」這個物種存在於世上。

當那一刻到來時，就是人類毀滅之時。

兩年前的晚上，我不知道發生了什麼，也不知道誰做了什麼。

但是那些人的表現，讓我知道他們腦中的「恐懼炸彈」已經被引爆了。

只要看到人類，就會陷入無法承受的巨大恐懼。

為了要解除這個恐懼，只好將所有看到的人類都殺了。

但是，就算殺了也沒用。

因為他恐懼的對象——正是自己本身的存在。

這也是為何整個研究所的人都開始自殺和互相殘殺。

至今，我和季雨冬都沒有將這些事情說出去。

因為若是將這真相說了出來，世界一定會陷入混亂，就算引發第三次世界大戰也一點都不奇怪。

所以，我和季雨冬將那天的事深埋在心中，即使是私下相處時，也從沒有觸及這個話題。但我自己很清楚，之所以不談論這件事，根本就不是為了「全世界的和平」這麼崇高的理由。

我和院長、晴姊不一樣，我沒有這麼偉大，將全人類的幸福和穩定視為己任。

我跟正常人一樣自私，就算全世界都毀滅，只要我、晴姊和雨冬可以生存下來就好。

我之所以絕口不提，是因為我對季雨冬感到愧疚。

兩年前，我對她做了絕對不能饒恕的事情——

在漫天大火中，所有人都瘋了。

他們拚了命的殺了自己和他人，整間研究所都是人類的慘叫聲和建築物崩解的聲音。

因為情況緊急，所以研究所的電子系統自動將門關了起來，但這也連帶的讓所有人都逃不出去。

我不斷將想要殺了我的人給抹殺掉，然後踏過他們的屍體向前走。

雖然殺完第一個人時我有吐，但我很快地就停止了思考。

──我要去救晴姊和雨冬。

那時的我，滿腦子都是這個想法。

就算再膽小的人，為了拯救自己珍愛之人，也會變成另一個模樣。

所以，儘管身體和精神都瀕臨極限，我仍發揮「病能」，將擋在我面前的阻礙都抹消。

「對不起……」

我一邊流著淚，一邊以顫抖不已的手將眼前之人的脖子給折斷。

還記得這位姊姊常常拿糖給我吃，是位十分和善的大姊姊，但此時的她已經完全喪失理智。

脖子折成奇怪角度的她，拚死抓住了我的腳，以嘶啞的聲音喊著不成意義的話語：「好恐怖好恐怖好恐怖──殺了你殺了你殺了我自己──」

看著她悽慘的樣子，我閉上雙眼，咬緊牙根給了她最後一擊。

這種狀況在之後的十分鐘不斷發生。

恐懼使這裡的所有研究員都變成單純想要抹殺人類的存在——「恐懼人類」。

所以，這逼得我必須不斷殺害平常熟稔的對象。

常常在遊戲的世界中看到殭屍殺人的末日題材，現在的情景雖然相似，卻有著根本上的不同。

因為，他們和我們都是人類。

除了臉上帶著恐懼外，他們的外觀、內在都和我們一樣。

所以，我不是「殺怪」，而是「殺人」。

「救救我啊……」

我不斷的向前，同時也不斷的哭喊。

我知道我很矛盾。

我想要去救季晴夏和季雨冬，但某方面也希望有人能拯救自己。

不斷落淚的我，再一次體會到自己是個多麼無用的人。

而就在這時——

「武大人，不要哭了。」

一個熟悉的聲音突然從我下方傳來。

我低頭一看，只見季雨冬被崩坍的石塊堆給壓住了左手，倒在地上動彈不得。

「雨冬！」

我趕緊蹲下察看季雨冬的狀況。

季雨冬的左手有著複雜性骨折，但還不至於危及性命。

「妳倒在這邊多久了？」

「這不重要……」

季雨冬臉上雖然帶著一如往常的笑容，聲音卻十分虛弱。

看來她似乎被困在這邊很久了。

臉色因為劇痛而慘白的季雨冬，將靠近她的我推開道：「武大人，奴婢剛剛查到了，姊姊大人就在中央的主控室中，你快去救她吧。」

「等一下！我先把妳救出來！」

壓著她的石塊堆很厚重，推測至少要開到三感……不，四感共鳴。

「開啟『病能』──嗚！」

宛如被鐵鎚從後腦重重敲了一下！

一陣幾乎要讓人昏倒的暈眩感襲向了我。

開啟「病能」失敗了。

這時我才想起，路上為了應付那些失控的「恐懼人類」，我一直是保持「三感共鳴」的狀態。

身體和大腦早已超越了極限，但我仍努力用感知搜刮體內剩下的力氣。

「還剩一次使用『四感共鳴』的機會……」

越多的感官共鳴，對我的消耗越大，而且這樣的消耗，是呈現等比級數的上升。

一次「四感共鳴」的體力，可以換成數十次的「三感共鳴」。

現在要拯救季雨冬，必須開到「四感共鳴」，雖然使用完後我會馬上體力耗竭而昏倒，但只要能救出她來，一切都值得。

我深吸一口氣，準備開啟「病能」──

季雨冬用她柔軟的右手按住我，制止了我的舉動。

「不可以，武大人。」

「……為什麼？不快點把妳救出去，說不定妳的左手會在之後留下永久性的損害──」

「武大人真的要把僅此一次的『四感共鳴』用在奴婢身上嗎？」

「難道妳不想要我救妳嗎？」

「若武大人真的這麼做了……」季雨冬專心看著我的雙眼道：「體力耗盡的武大人，又要怎麼拯救姊姊大人呢？」

「──！」

季雨冬的話，讓我在那一瞬間動搖了。

而我的所有細微反應，都沒有逃過她的雙眼。

「所以，請武大人別管奴婢吧。」

季雨冬的笑容雖然溫柔，但是那之中什麼都沒有。

那之中不蘊藏著自己的期望，也沒有蘊含自己的祈願。

「為什麼啊……」

「嗯？」

「──為什麼妳不對我說『救救我』呢！」

妳總是什麼都不說！什麼都不求！

明明妳只要開口，我就會救妳的啊！

「因為奴婢知道，武大人是個很溫柔的人。」

她將握著我的右手放開，像是不再需要我一般。

「要是奴婢開口了，武大人一定會留下來的。」

「妳說這句話──」

我緊握雙拳大喊：

「──不就是叫我捨棄妳去拯救晴姊嗎！」

「是的，這就是奴婢想要說的。」季雨冬馬上就回答了我，她以無所謂的笑容道：「奴婢是為武大人而存在的，若武大人為了姊姊而捨棄奴婢，這也是再正常不過的決定。」

「我不能理解！」我抱住地上的她大喊道：「妳難道不想要我留下來嗎？難道不想要我拯救妳嗎？」

「武大人真是個溫柔的人呢。」

「別逃避我的問題！」

「……」

「說啊！難道妳不想要他人的陪伴嗎！」

「我……」

季雨冬低下頭，石塊和瀏海的陰影罩了下來，讓我完全無法看清她的臉龐。

「——回答我的問題啊！」

「我當然想要、當然想要啊……」

季雨冬的聲音不斷顫抖，就像是在哭泣。

她以這樣脆弱無比的聲音說道：「但是……只要有了期望，在那之後就會感到失望。」

「……」

雖然沒辦法看到她的臉，但我感到此時的季雨冬，不再戴著婢女的面具。

低著頭的季雨冬，向我提出了要求：「季武哥哥，請你回答我一個問題。」

「什麼問題？」

「若是我和姊姊兩人，你只能拯救其中一個，那你會救誰呢？」

「…………」

我無法說謊，也無法說出任何安慰性的話。

因為這個問題的答案，我們兩個都知道。

「你會救姊姊，對吧？」

「……嗯。」

「只要待在姊姊身邊，那麼就誰都不會將目光轉向我。」

「不是這樣的——」

「是的，就是這樣的。」季雨冬抬起頭來道：「經過無數次的失望後，我終於明白了——不要期望什麼比較好。」

她的臉上是平常戴著的婢女笑容，眼中卻流下了季雨冬的眼淚。

「妳為何……為何直到今天才跟我說這些？」

「就算說了又有什麼用呢？就拿現在的狀況來說吧，就算我希望你留下來——**但你依然會拋下我，跑去姊姊那邊，對吧？**」

「我——」

季雨冬的話狠狠刺入我心中，讓我感到眼前一晃。

但是我知道，我心中的痛，根本比不上她心中的萬分之一。

「既然都知道結果會如何，那麼我不如以婢女自居，這樣除了我之外，誰都不會痛苦對吧？」

作踐自己，捨棄自己的願望。

季雨冬這麼做，為的是讓我們三人得以歡樂的相處在一起。

「我不想讓你和姊姊看到我醜惡的嫉妒，也不想讓你們看到我的痛苦和不甘。」

面對我，季雨冬以滿是傷痕的臉龐，露出潔白無瑕的笑容。

為了待在我們身邊，不讓我們看到她的脆弱，成為婢女是她唯一能走的一條路。

她以懇求的語氣向我輕聲說道：「請武大人……拋下奴婢吧。」

「我……」

聽著季雨冬的話，我眼前的情景不斷變窄、縮小。

「武大人這樣做沒有什麼不對，甚至可以說是正確無比的選擇。」

「……」

「奴婢不想與武大人並肩而行，也不想走在你的前方。」

季雨冬已不再流淚了。

她的臉上，戴回了為主人獻身後，感到歡欣無比的笑容。

「——我會讓妳比一般人還幸福的。」

過去的誓言在我心中迴響。

訂下主僕的契約後，我想要看到的，是季雨冬這樣的表情嗎？

「待在武大人的身後，是奴婢最大的幸福。若是武大人回頭了，那就是奴婢的失職。」

我想要聽到的，是這樣的話嗎？

「若是武大人拋棄了奴婢，那就是奴婢派上了用場——」

拋棄季雨冬，選擇季晴夏。這就是……我想給她的幸福嗎？

彷彿被季雨冬的話催促，恍恍惚惚的我背轉身去，一步步遠離了倒在地上的她。

「謝謝武大人。」

我背後的季雨冬向我道謝。

漫天的大火，無數瘋狂的「恐懼人類」。

在這樣的環境中，我丟下了被壓在石塊中的季雨冬、遺棄了她。

但是，她依然向這樣的我道謝，在我身後以細微但又清楚無比的聲音說道——

「奴婢感到很幸福。」

「啊啊啊啊啊啊啊啊啊──────！」

不斷地在研究所中跑著，我使盡全身力氣大吼。

就算「恐懼人類」不斷被我的聲音吸引而來，我依然沒有停止喊叫。

要是不這麼做轉移自己的注意力，我怕我會被自己心中的罪惡感給壓垮。

「過來啊！都過來啊！」

只要我多殺一人，說不定季雨冬就會安全一分。

雖然這個想法就像是在贖罪，十分虛偽，但若不以這樣的謊言包裹自己，我根本就無法前進。

我終於在此刻，稍稍體會了季雨冬一直以來的心情。

被接連不斷的失望給折磨後，她變得膽小無比。

所以，她以「婢女」這個謊言壓抑自己、扼殺自己，想盡辦法讓自己好過些。

沒有任何人理解她。

也因為表面上什麼都不求，所以她無法將心中的言語說出口。

她比任何人都孤獨和痛苦。

「而我竟然、竟然將這樣的她給丟了下來……」

淚水從眼眶滑落。

就算「感官共鳴」又如何？就算「理解世界」又如何？

我依然無法讓一個什麼都不求的女孩子幸福啊。

在此時，我深切地體會到自己的沒用。

別說追上晴姊了，我連讓身後之人與我並肩都做不到。

「這麼弱小的我……到底能做什麼？」

眼前，大約五十位「恐懼人類」跑了過來。

處於半瘋狂狀態的我蹲著馬步，擺出架勢！

「我只是想守護家人，難道我連這點都做不到嗎！」

隨著我這聲大喊，眼前的五十位「恐懼人類」被我一拳給轟飛、打得支離破碎！

身上沾滿鮮血的我，已經對殺人這事完全沒感覺了。

「晴姊……」

看著通紅的雙手，我喃喃自語道：「被這樣的我拯救，妳會開心嗎？」

殺了無數的人，拋下妳的妹妹，我……真的有拯救妳的資格嗎？

「我想，只要是被家人拯救，沒有人會不開心的吧。」一個再熟悉不過的聲音從上方傳來。

我抬頭一看，只見季晴夏坐在屍體堆上，對我露出如身後火光般燦爛的笑容。

「你終於來了，小武。」

DANGER! DANGER! DANGER!

季晴夏

病能

刪除左邊。

病能領域

三公尺見方。

疾病源頭

忽略症（Neglect Syndrome）。

此病的成因通常是因為大腦損傷，患者會無法認知到「左邊的世界」。

要解釋這疾病，我們首先從人類的「盲點」說起。

當你觀看魔術時，你的目光是投射在魔術師身上的。此時，魔術師左手做了某些動作，讓你將百分之九十九的注意力擺在他的「左手」上，這使得他明明「右手」有在做動作，你在視覺上也有「看到他的右手」，卻無法將其留在「認知」中。最終，你根本就不知道魔術師右手做了什麼，這就是短暫的忽略症了。

忽略症的患者並非看不到左邊的世界，他雖看得到，認知中卻覺得「左邊的世界不該存在」。所以他會只跟右邊的人說話，盤子中的食物也只吃右半邊，若是請他畫個時鐘，他也會只畫出右半邊的數字。

對這類忽略症的患者來說，只有「右半邊的世界」才是正確的世界。

季晴夏靠後天得到了「刪除左邊」的「病能」，只要位於她左邊的事物，就無法被任何人給認知到。

人類若是有任何肢體闖入季晴夏的左邊，就會喪失功能無法使用，若是一不小心「整個人」闖入她的左邊，便會被「不該存在」的異常認知感染而採取自殺的舉動。

DANGER! DANGER! DANGER!

Chapter 5 點燃恐懼炸彈的原因

「電源開啟……主機就緒……虛擬影像出現。」

一個奇怪的電子聲在我耳邊響了起來，打斷我兩年前的夢。

「吾之名乃『院長』，為『病能者研究院』的最高領導人。」

院長……？死去的院長……？

「緊急程序正式啟動——」

耳邊的聲音很熟悉，聽起來就像是已經過世的院長。

但不知為何，她的聲音就像是錄下來之後透過錄音機播放，給人一種隔了一層的感覺。

「起來了，李武。」

隨著這聲呼喚，我緩緩睜開雙眼。

映入我眼中的身影十分矮小，穿著層層疊疊的和服。

——正是本應該死去的院長。

「……………」

我倒抽一口氣，什麼話都說不出來。

「為什麼一副看到鬼的樣子？」

院長用手中的扇子抵著嘴巴，臉上露出惡作劇成功的得意表情。

「……妳怎麼在這？不是死了嗎？」

「你再仔細看看。」

隨著院長的話，我開始觀察眼前之人的身姿。

眼前的院長並非真正的院長。

就像是視訊會議那般，她在一個四方形的投影螢幕中跟我說話。這個畫面並沒有任何厚度，院長也只有上半身顯現其中。

「這是……怎麼回事？」

「我是院長也不是院長，更精確的說，我是她死後才啟動的『緊急程式』。」

「緊急程式？」

「不斷搜集院長的人格和行事資料，最後建構出我這個虛擬人格出來——你可以把我視為『電腦版的院長』。」

「虛擬人格……」

「我以投影的方式出現，你之所以聽到我的聲音，也是因為我將聲音傳到你的耳膜中。」

我試著用「知覺共鳴」感受虛擬院長，發現房間中實際上除了我和季雨冬外，一個人都沒有。

她所說的確實是實情。

「既然都是用投影方式了……怎麼不乾脆投影成『完整』的一個人？」

之所以看得到虛擬院長，是因為她利用投影設備將影像投射到我們面前。既然如此，她根本不用將自己投影成四方形的模樣，畢竟這不是在開視訊會議。

「這麼做比較省記憶體，目前這樣就好了。」

聽到虛擬院長這麼說，她是程式的實感更強了。

「那麼，妳這個『電腦版的院長』，為何此時出現在這個地方呢？」

「研究院的機密資料眾多，很多機關非院長不能開啟。在下一任院長誕生前，就由我來暫時代管這所研究院。」

「我瞭解了，不過先等一下……」

發生的事情太多，我先整理一下狀況。

在我昏倒前，我正在幫季雨冬治療，因為過於勉強使用「病能」，所以在救回季雨冬後，我不斷地吐血——

「對了！雨冬呢！」我趕緊問道。

「別擔心，她沒事。」

四方形的虛擬院長往我身前飄去，停在手術臺上。我順著她停下的方向一看，只見季雨冬躺在床上，以規律的頻率呼吸著，陷入深深的睡眠中。

「太好了……」

我走到床前，用手撫了撫她只有一半的臉龐。

「真的太好了……」

一股想哭的衝動湧上心頭。與兩年前不同，這次我沒有拋棄她。

「我終於……救到了她。」

此時在她臉上的，並不是婢女般獻身的笑容，而是安穩的睡臉。

雖然這不過是一件小事，我卻深知這是多麼得來不易。

「季武，雖然我跟你並不熟識。」在我身旁的虛擬院長突然發話：「但是，所有過程我都透過監視攝影機看在眼中，我想對這樣的你說一句話——」

雖然一點實感都沒有，但螢幕中的院長揮了揮扇子，作勢拍拍我的肩膀說道：「你做得很好。」

「嗯……」

我點點頭，不再言語。

我將季雨冬的睡臉印在眼中。

——別忘了。

這才是季雨冬真正的表情。

終有一天，我要讓她打從心底發出笑容。

終有一天，我要讓她卸下婢女的假面具。

終有一天——

我要讓她得到比一般人還多的幸福。

「可是……我怎麼沒事呢？」

我用「病能」探察自己的身體，雖然依舊非常虛弱，但是大腦和身體機能基本沒有大礙。

真是古怪……

「我應該……要在剛剛死掉才對啊。」我看著手上和身上的大量血跡如此說道。在最後的那刻，我是切切實實的感受到自己要死了。

「事實真相如何我也不知道。」虛擬院長在旁回答了我。

「妳不知道？妳不是一直透過監視器在觀察這所研究院嗎？」

「雖然不敢確定這就是正確答案，但我推測應該是季雨冬身上散發出的『病能』救了你。」

「季雨冬？怎麼可能。」我搖搖頭道：「她才剛經歷一場大手術，根本不可能起來救我。」

「你沒聽清楚嗎？我說的是『季雨冬的病能』，並不是『季雨冬』。」院長張開扇子，「在你七孔流血倒下後，你恰巧倒在季雨冬左邊的黑暗之中，被她『刪除左邊』的『病能』給籠罩。」

「那又怎樣？」

「只要是人類處在『病能領域』中，就會被『異常認知』給感染。若是活著的人類一不小心誤闖季雨冬的左方，就會覺得自己『不該存在』而自殺。」

「不該存在……」

我似乎隱隱約約瞭解了院長要說什麼。

「失去意識瀕死的你，無法動手自殺，但是你的身體依然受『異常認知』感染，所以你的身體下意識的機能下降，讓自己的狀態接近死人。」

「原然如此……」

強烈的認知，會影響生理。

誤以為自己已死的肉體，降低了心跳和呼吸，但這反而成了拯救我的原因。

「就像是進入冷凍睡眠，異常認知延緩了你大腦和身體的出血，讓你脫離了必死的命運。」

「原來『病能』還有這種用法……」

「事實上，『病能』的使用法千變萬化，季晴夏的確是個天才，『病能者』的誕生，確實改變了這個世界的模樣。」

「真是神奇呢……」

「什麼東西神奇？」

看著我眼前微笑說話的虛擬院長，我不自覺地吐出心中的感想：「聽妳說話，感覺跟真的院長幾乎沒有兩樣……」

除了明顯看得出是螢幕中的人物外，應答上和一般人類幾乎沒有不同。

就像只是和院長在視訊通話一般。

現在的虛擬人格，已經進步到和真人沒兩樣了嗎？

「這也是『病能』的延伸應用喔。」

「咦？」

怎麼這個時候也說起「病能」了？

「死去院長的『疾病源頭』是『強迫症』，她必須遵守『不能說謊』的規則，因為她永遠只能說實話，所以才能建造出我這個虛擬院長出來。」

「什麼意思？」

「當人類面臨問題時，他可能會依照情況的不同，給出上百種不同的答案，但是對死去的院長來說，她只會有『一種答案』——那就是『實話』。」

「原來如此……」

一般的虛擬人格之所以無法構建，是因為人類的可能性是無限的。

既然無限，那麼就無法透過程式進行演算。

然而本來幾近無限多的可能性，在院長的「強迫症」前，會被強制限縮成一種。

——那就是實話。

如此一來，虛擬人格的建構就是有可能的事情。

「所以，我和發揮『病能』的院長一樣，只能說出『實話』。」

「只能說出『實話』，是嗎？」

「是的。」

螢幕中的虛擬院長點了點頭。

程式絕對不會說謊，這說不定是解開命案謎團的機會。

在腦中整理要問的問題後，我開口問道：「院長……」

「嗯？」

「我可以問妳有關命案的問題嗎？」

「當然可以，我會就生前的記憶和死後所搜集到的資料回答你。」

「妳真的死了嗎？」

「當然，要不是院長完全喪失生命跡象，我這個虛擬院長也不會啟動。」

「妳和研究員的死因是什麼？」

「如你所見，自殺和互相殘殺而死。」

「『凶手』是誰？」

「我沒看到『凶手』——」

「是『院長』沒看到凶手，還是『虛擬院長』沒看到凶手？」

「兩者在案發時，都沒看到造成整起事件的『凶手』。」

「院長的死前留言是她親手所寫嗎？」

「是的，其真實性無可質疑——『凶手就是研究院內的病能者』。」

「……在紅色警報發布，研究院全都關了起來後，留在研究院內的病能者有幾位？」

「三位。」

「有沒有可能是系統出錯？」

「我查看一下。」虛擬院長的眼中像是條碼一樣不斷的閃爍著1和0的電子串，過了一會兒後，她說道：「系統完全正確，現在研究院內的『病能者』只有三位。」

「……」

我本來還抱有一絲期待，希望葉藏得知的訊息是錯誤的，但現在連這個可能性都消失了。

葉藏沒有騙我，而「凶手」就在我們三人之中。

我將目光轉向躺在床上的季雨冬。

「季雨冬……是『凶手』嗎？」

「可能性幾乎等於零。」

雖然早料到會是這樣，但聽到院長這麼說後，我還是鬆了口氣。

之前季雨冬曾說「凶手」就是她，但仔細思考後，這也是不可能的事。

她的「病能」只能讓人自殺，無法讓人互相殘殺，更無法讓人在死前留下恐懼的神情。

「刪除左邊」，單純是刪除左邊的事物讓人無法認知到，並不是害怕左邊。

「如果我和季雨冬都不是『凶手』……」

果然……

不管怎麼想，「凶手」都只有可能是目前「病能」還不明的葉藏嗎？

「院長。」

「嗯？」

「身為母親的妳，一定知道葉藏的『病能』是什麼吧？」

「她的病能是『讓所有視線中的事物產生大小和長度的變化』，簡稱『萬物扭曲』。」

「……真特別的『病態』。」

「她的疾病源頭是『愛麗絲夢遊仙境症候群』，這是一種高燒引起的認知異常，在罹病的人眼中，所有事物都會不斷扭曲延伸，大小也會不斷產生變化。」

「難怪取作這個病名。」

「是的，因為這就跟童話故事──《愛麗絲夢遊仙境》是一樣的。葉藏她能展開十公尺大小的『病能領域』，讓這之中的所有事物不斷扭曲、變化。」

「嗯……」

照這樣看來，葉藏的「病能」也無法造成命案現場的狀況。

不過說到葉藏……

她消失前的奇怪模樣浮現在腦海中。

──緊握雙拳，全身不斷的顫抖。

明明堅定的說要鏟除罪惡，但整體給人的感覺卻是脆弱無比。

「話又說回來，妳女兒是怎麼回事啊？」

「什麼怎麼回事？」

「完全不能容忍罪惡──我覺得甚至到了有些病態的程度。」

「這要從我們的『家族』說起。」

「喔？」

「我出生於一個古老的『家族』，這個『家族』世世代代以鏟除罪惡為己任。」

「……這種如忍者般的家族是怎麼回事？」

「或許祖先是吧？我也不知道。總之呢，我們『家族』的維生方式很特別，我們會接受私人或是國家機關的委託，只要被族內的長老們認為是罪惡，那麼就會派出族內的人將其鏟除。」

「難怪葉藏總是嚷著要『鏟除罪惡』。」

她的肉體強度這麼誇張，似乎也說得通了。

「我們『家族』之人的確比較富有正義感，但葉藏是個特例。」

「怎麼說？」

「為了『鏟除罪惡』，她有時甚至會傷及無辜之人。」

「的確……」

我想起了她與季雨冬對峙時的狀況，那時的葉藏認為我是「凶手」，但為了將我給除去，她連擋在我面前的季雨冬都不願放過。

「當然，傷及無辜之人並不一定是錯的。舉個例子，假設這所研究院中有一個罪大惡極之人，你必須殺了所有研究院內的人才能殺了他，若是為了自己的信念，那這麼做也是無可奈何的事。」

「不……再怎麼說，殺了整個研究院的人也太……」

「我們『家族』因為工作過於特殊，所以在族內之人八歲時，就會要求他們必須寫下自己的『目標』，並且徹底遵守。」

「我猜猜，葉藏寫下了『鏟除罪惡』四個字對吧？」

「沒錯，她圍巾上的梵文，其實就是『鏟除罪惡』的意思。」

「我好奇問一下，院長妳寫下了怎樣的『目標』？」

「『世界和平』。」

「啊？」

「我寫下了『世界和平』當作我的目標。」

虛擬院長將她的和服腰帶稍稍拉開，只見上頭也以梵文寫著幾個文字。

「……這個目標，也太遠大了。」

這種宏大的目標，讓我想到了季晴夏。

她也是以讓全人類幸福為己任。

「其實，人類都是為了一個『目標』而活著。」院長將扇子張開遮住自己的下半張臉，「有的人稱之為『願望』，有的人則稱之為『信念』或是『執念』。」

「還是有人沒有目標的吧？」

「那麼，他就是把『活下去』當作自己的目標。」

「……沒錯。」

「不管是誰，都有著屬於自己的『正義』。就連季武你都有，不是嗎？」

「是啊。」

就連我這種平凡人，也有著「追逐晴姊」、「讓雨冬幸福」的執念。

「我在十二歲時，從『家族』中出走，為自己的『目標』努力至今。」

「為什麼妳會從『家族』中出走呢？」

「因為每次我在鏟除『犯罪者』時，心中總覺得不對勁。」

「怎麼說？」

「『犯罪者』總是鏟除不盡，而每次總是會有善良無辜的人受傷。」

「這也是沒辦法的事……」

「但是，若是有『某種方法』可以改變世界，讓這些無奈的事消失——」院長像是在看著某個遙遠的彼方說道：「或許，這世界就能真正的和平。」

「所以……妳之後才當上了這所研究院的院長嗎？」

「是啊，病能者的力量改變了世界，我心想只要持續研究這個力量，一定能找出什麼端倪。」

隨著虛擬院長的話，我想起了鎖在出口通道中的「科塔爾氏幻想」——「死亡錯覺」。

那也是院長為了「世界和平」所開發出來的東西嗎？

但就在我要開口詢問時，虛擬院長說起了葉藏的事：「話題扯遠了，我們將話題繞回葉藏身上吧。」

她將收起的扇子輕敲一下左手後說道：「若是她有著屬於自己的『信念』那也就罷了，可是她沒有。」

「她沒有？」

「是的，她沒有。」

虛擬院長深深嘆了一口氣：「她的行動，只是被『過去』追著跑而已。」

「喔？」

「她曾在某次任務時，因為一時的疏忽，導致了一個無可挽回的意外發生。」
「什麼意外？」
「在某次執行任務時，葉藏因為一時的猶豫，沒有將目標給殺死。最終，這目標為了報仇，襲擊了葉藏的妹妹。」
「然後呢？」
「葉藏的妹妹雙眼失明，再也無法挽回。」
「嗯……」
「雖然葉藏的妹妹從沒有責怪她，但自此之後，葉藏就變了一個人。她瘋狂的鍛鍊自己，再也無法容忍任何『罪惡』的存在。」
院長露出有些無奈的笑容。
「但也因為這樣，她無數次搞砸了任務，差點把很多無辜之人給殺掉。」
「為什麼？」
「這世間並不是那麼簡單，有著絕對明確的『對』和『錯』。當遇到灰色地帶時，你必須依照你自己的『信念』判斷。」
虛擬院長一手比了「一」的手勢，一手虛握兩次，比了兩個零，說道：「你要救一人犧牲一百人？還是救一百人而犧牲一人？」
「嗯……」
因為毫無信念，所以無法做出選擇，進而嘗到苦痛。
我在兩年前就是如此。

我丟下季雨冬，選擇了晴姊。

但這是季雨冬逼迫我選的，並不是我自己選擇的。

「葉藏這傻孩子並沒有『信念』這種東西，所以她採取的做法是把刀揮出去，將有可能是罪惡的事物都砍斷。」

「……沒錯。」

在要斬了季雨冬前，我感到從她身上散發出來的並不是「意志」，而是「懊悔」。她就像是被某種事物給逼迫，所以必須拔出刀來。

「於是，我將葉藏關在這所研究院中，暫時禁止她執行任務。」

「葉藏在看到雨冬為保護我而自殺時，之所以這麼動搖，也是因為——」

「那或許……是因為想起了她的妹妹吧。」

「原來如此……」

「與其說那孩子是執著『鏟除罪惡』……我倒覺得應該說她是被過去給詛咒了吧？因為不這麼做，她就覺得過去的事會重演。」

「的確是如此。」

「自從她變成這樣後，不管我這個母親跟她說什麼，她都不聽從。所以——」

——咚！

虛擬院長不知為何，突然在螢幕中向我下跪。

「拜託你行行好，收了我這個女兒吧！」

「…………………………………………」

這個過於突然的發展，讓我完全無法反應。

「拜託你娶了她吧！」

虛擬院長再度說了一次，磕了一個頭。

「……是我聽錯了嗎？我似乎聽到要我娶葉藏？」

「沒錯！就是這樣！」虛擬院長開心地抬起頭來道：「你要多少錢，我們『家族』應該都能支付，我們願意付錢，只求你把我的女兒給帶走。」

「等、等一下……現在是什麼狀況？」

她那積極的態度，讓我聯想到努力的房仲業者。

「坦白說，我覺得再這樣下去，這個女兒說不定終有一天會做出無可挽回的錯事，所以我想趁那之前把她給賣了——不，是嫁了。」

「妳剛剛是不是說『賣』！」

「我不能說謊啊，所以是有賣也有嫁，比例大概是九十九比一。」

「那幾乎只有賣了吧！」

「這世間最重要的感情有三個：『親情』、『友情』、『愛情』。既然我這個親情無法改變她，那我只能期待愛情了……」

「等一下！友情呢？」

「葉藏沒有朋友。」

「……………………喔。」

怎麼辦……越瞭解葉藏，我就越難討厭這個敵人啊！因為同情心會先起作用，完全蓋過心中的恨意。

「總之，我這個女兒不錯喔。臉蛋不錯，身材也不錯，然後、然後、然後、然後、然後、然後、然後、然後……」

「——然後就沒有了嗎！」

「我真恨我這個不能說謊的設定！」

虛擬院長懊悔的用拳頭敲著地板！

「妳真的是她的母親嗎！竟然這樣說自己的女兒！」

「為了女兒的幸福，所以才努力幫她尋找好對象！這才是好媽媽吧！」

「好、好對象？我嗎？」

突然被當面這麼一說，真讓我有些害羞——

「是個好對象啊，好像被強迫一下就會接受，是個非常容易隨波逐流的類型。」

「那是詐騙的好對象吧！」

這個虛擬院長還真的是不會說謊啊！

「說真的，在我死掉後，我想葉藏身上的『詛咒』會更加變本加厲。」虛擬院長露出擔憂的眼神，「她會覺得『自己又無法保護重要的人』了。」

「……嗯。」

要怎麼讓她脫離這樣的想法呢？

或許陪伴在她身邊，跟她說「我根本不需要妳的保護」之類的？

或是——

「你果然如我所想的一樣，是個溫柔的人。」虛擬院長露出笑容道：「被我這麼一說，你竟然真的開始認真考慮葉藏的事呢。」

「……這不就是妳希望我做的嗎？」

「我想，這就是你特別的地方吧。明明弱小，有時又非常可靠，這兩個完全相反的特質，為何可以並存在你身上呢？」

「——你的強大，來自於你的弱小。」

隨著院長所言，我想起過去晴姊曾對我說過的話語。

「但是，我希望自己可以更強大一些……」

「每個人都有最適合他的強大和信念吧。」

「是啊……」

「我一直忙於自己的『目標』，於是疏於照顧葉藏。今天她之所以變成這樣，我想我也要負起一部分的責任來。」

「從現在開始挽救她，或許還不遲。」

「不，我已經錯過時機了。」虛擬院長站起身來，向我低下頭，「季武，我可以將我的女兒託付給你嗎？」

「……為何是我。」

「因為暫時找不到其他人了。」

「說到底……這種事不能只看我的意思吧？而且，在如今的葉藏心中，我和季雨冬都是殺了妳的『凶手』呢。」

「那麼，只要趕快把『凶手』找出來，這起事件不就會完美落幕嗎？」

「說得這麼簡單……」

今天就是完全找不到「凶手」啊。

我看著眼前微笑的虛擬院長，低頭沉思。

不如……就用更簡單粗暴一點的方式吧——那就是直接詢問。

抬起頭來，我問道：「院長。」

「嗯？」

「妳覺得葉藏是『凶手』嗎？」

「不是。」

「妳覺得我——季武是『凶手』嗎？」

「不是。」

「『凶手是我們三人中的某位病能者』，而『我們三位都不是凶手』——這怎麼可能。」

「的確，這是不可能的事。」

這是完全不可解的謎，也是不可能成立的邏輯。

究竟我們忽略了什麼？

「那麼……院長妳覺得殺了你們的『凶手』是誰？」

「依照現場死亡的情況判斷，我認為這跟兩年前的案件有百分之九十九相像，若依此去進行最有可能的推論——『凶手』就是季晴夏。」

「晴姊……」

我先是呆愣一下，但馬上就搖了搖頭。

「這不可能。」

「為什麼不可能？」

「因為研究院中的病能者只有『三位』啊。」

我、葉藏、季雨冬。

若是還有季晴夏，那就是「四位」而非「三位」。

「若是季晴夏那種天才，那麼使用某種辦法躲過儀器探測，也是可能的吧？」

「……有道理。」

若是這樣，「凶手」就是季晴夏嗎？

可是，季晴夏為何要這麼做？

「兩年前，究竟發生了什麼事？」虛擬院長問道：「為什麼季晴夏要讓所有研究所內的人發狂？」

「……那只是一場意外，晴姊並不是故意這麼做的。」

「若是知道兩年前的詳細狀況，或許我們就可以知道為何她現在要這麼做了。」

「……………」

「即使我已經死了，你還是不能將兩年前的真相告訴我嗎？」

我本來想要繼續保持沉默的。

但此時門外傳來了葉藏的氣息。

看來她不知何時來到了這裡，正躲在門外偷聽。

我嘆了一口氣。

從剛剛院長的話中我知道了，要是不解除我和季雨冬的嫌疑，葉藏絕對不會輕言放棄。看來……將我一直隱藏的真相說出口的時候，終於到了。

「……並不是我不說。」

事實上——

「是因為我也不是全都知道。」

「咦……？」

我的回答讓虛擬院長愣了愣，她拿著扇子的手一鬆，扇子頓時掉落。

「話先說在前頭，雖然我能解釋晴姊的動機，但我並不知道她最後到了何處。」

「沒關係。」

「接著的話題，會有些漫長喔……」

我將擺在醫療室的罐裝茶找了出來，一邊喝茶一邊將兩年前的事緩緩道出……

「小武，你終於來了。」

季晴夏坐在屍體堆成的塔上，居高臨下的看著我。

即使身邊都是死屍，但季晴夏的美麗和存在感依舊，就連身上的白袍也都沒沾上一絲血跡。

而就在看到季晴夏的那刻，我的心劇烈的跳了一下！

巨大的恐懼緊緊攫住了我的身體！讓我本能上的感受到害怕。

「啊啊……」

我的手抓上自己的喉嚨，想要將它給抓破。

「啊啊啊啊啊啊啊——！」

我喊出了連我自己都沒聽過的慘叫聲！

——殺了她！

——殺了自己！

——殺了人類！

原來，這就是大家瘋狂的原因。

只要看到季晴夏，腦內的「恐懼炸彈」就會爆炸，產生出任何人都無法承受的恐懼，讓人不由自主的想要抹殺人類這個物種。

「小武，運用你的『病能』，努力理解你周遭的事物。若說這世上有一個人可以不害怕我，我想也只有你了。」

季晴夏的聲音讓我混亂的意識恢復了一絲清明，我開啟了「三感共鳴」，努力的感受自己和周遭的環境。

——我是季武。

——我眼前的人是晴姊。

——沒有什麼好害怕的，那是我一直以來所追逐的姊姊。

等到我終於「理解」了真實狀況後，我總算是停止了害怕。

看到我平靜下來，季晴夏露出陽光般的笑容說：「很好，果然如我所想，即使『恐懼炸彈』引爆了，小武依然可以藉由『病能』恢復正常。」

「晴姊……妳到底想做什麼？」

看著她一如往常的笑容，我不知道該感到安心還是害怕。

我不明白她為什麼要殺了所有人，也不知道她為何此時還笑得出來。

所以，即使眼前之人是我一直以來崇敬的晴姊，我還是不由自主地感到顫慄。

並不是本能的恐懼，而是單純的害怕——害怕我眼前的晴姊。

「小武，果然呢……」

季晴夏露出有些寂寞的笑容。

「就連你都會害怕我。」

「不是的，晴姊，我只是——」

「小武。」季晴夏打斷我的話，問道：「在你眼中，我是什麼模樣呢？」

「……………」

「老實回答我。」

「誘發他人恐懼的……存在。」

「沒錯，這的確是我現在的模樣。」季晴夏用手指向自己，「不管是誰，只要不小心看到我的身體或是影像的任何一部分，潛藏在腦中的『恐懼炸彈』就會爆炸，使其成為『恐懼人類』。」

聽到這邊，我感到絕望。

季晴夏在剛剛，成了製造「恐懼人類」的源頭。

只要看到她，就會陷入巨大的恐懼中，想要將所有人類都殺了。

「是誰將晴姊變成這樣的？」

「是我把自己變成這樣的。」

「為什麼……？」

「我並沒有做什麼，只是自然而然的就變成了這樣——變成了『恐懼炸彈』的『引爆點』。」

「為什麼……妳會成為『引爆點』？」

「我不是說過了嗎？人類心中的『對人類恐懼』早已瀕臨臨界點，什麼時候爆發都不奇怪，只是剛好是今天發生而已。」

「我不是問這個——！」抬頭仰望季晴夏，我大聲問道：「——為什麼是晴姊！為什麼妳會成為『恐懼炸彈』的『第一個引爆點』！」

「因為我是季晴夏。」

以我聽過無數次的理由，季晴夏單手扠著腰，對我如此說道：

「因為——我是季晴夏。」

「…………」

以往聽到這樣的理由後，我總是能被說服。

因為是晴姊，所以她辦得到。

因為是晴姊，所以她可以完成這樣的目標。

但是——

「我不能接受。」迎上季晴夏的目光，我以堅定的態度說道：「若妳真的把我當作弟弟，當作是妳的家人，妳就必須好好說服我。」

「嗯……」

聽到我這麼說，季晴夏點點頭，露出了笑容。

「沒想到……看到這樣的情景後，你還是把我當作姊姊啊。」

「當然。」

雖然仰望季晴夏讓我感到很辛苦，但我仍努力站穩腳步。

「不管發生什麼事，妳都是我的晴姊。」

「即使我殺了這麼多人，你仍能相信我嗎？」

「當然——」

其實，我依然在害怕。

過於天才的季晴夏，從沒有人可以理解她的想法。

——如果她是真的瘋了怎麼辦？

——如果她是真的想毀滅世界怎麼辦？

我的心中依然存在這些疑惑。

但是，就如季晴夏常掛在嘴邊的「因為她是季晴夏」。

我之所以相信她，是因為——

「我是季晴夏的弟弟，而妳是季雨冬的姊姊。」我緊握雙拳，大聲說道：「相信妳的理由，只要這樣就足夠了！」

「哈……」

一開始時，先是輕聲的笑了幾聲。

「哈哈哈哈哈哈哈——！」

很快地，輕笑聲變成了大笑聲！

季晴夏從屍體堆上走了下來，來到我面前牽起我的手。

「小武，謝謝你願意相信我。」

「嗯……」

「真相非常的殘酷，即使是這樣，你仍想知道真相嗎？」

「雖然我不像晴姊一樣這麼堅強，但還是請妳告訴我。」

「人類的腦中都埋著遲早會爆炸的『恐懼炸彈』。」

「嗯。」

「只要遇到一個適當的『引爆點』，人類腦中的『恐懼炸彈』就會被點燃、炸開。而這個『引爆點』可能是任何值得畏懼的古老事物。」

「就像之前晴姊跟我提過的『蛇』、『火』、『高度』嗎？」

「是的，而現在『人類』也在其中了。」指著地上那些死傷的人，季晴夏說道：「若以現在的狀況來說，我就是這個世界上，第一個成為『引爆點』的『人類』。」

「晴姊為什麼會運氣這麼不好，成了第一個『引爆點』呢？」

「不，並不是運氣不好，我成為第一個『引爆點』，是『必然』的結果。」

「為什麼……」

「小武，我問你，你覺得這世上所需要畏懼的人類是誰？」

「嗯……？」

「那個人就是我。」

「──咦？」

「沒聽清楚嗎？」

季晴夏「啪」的一聲甩動身上的白袍，將雙手大張說道：

「這世界最該畏懼的人類，就是我。」

「為……什麼？」

「不過一個『病能者理論』，就改變了世界的模樣，你覺得這樣的人可不可怕呢？」

「可是，晴姊不過是為了大家的幸福──」

病能者的力量，的確有部分被人濫用，投注到了戰爭和犯罪，但絕大多數的病能者，都是安分守己的過著自己的生活。

「小武，想得出足以影響世界的理論，這難道不恐怖嗎？」

「…………」晴姊說得對。

不管是「恐懼炸彈」還是「病能者理論」，都是她所想出來的劃時代理論。

「病能者理論」已經改變了一次世界，若是「恐懼炸彈」這個想法再度外流，這世界不知道會變成怎樣。

「對這世上的人來說，我就是個『未知』的存在，隨時可能改變世界。」季晴夏露出有些自嘲的笑容：「而人類會對『未知』感到恐懼——就像剛剛，你不也是對『季晴夏』感到恐懼嗎？」

因為無法理解，所以感到害怕。

「雖然周遭的人們總是稱讚我的發明，但其實我知道，他們的心底深處都開始畏懼我的想法、畏懼我建立的理論——甚至是畏懼我的存在。」

映著火光的季晴夏雖然閃閃發亮，可是不知為何，讓人有種要燒光似的不穩定感。

「所以，我成了這世上第一個引爆『恐懼炸彈』的人類。」

我終於明白了。

季晴夏她什麼都沒做。

她只是一如往常地發揮她的過人之處，默默地建立新的理論，發明新的事物。

但就是因為這樣，她成了所有人都畏懼的存在。

正是她的天才害了她。

季晴夏看著身下的屍體，垂下頭道：「我沒料到我會成為第一個『引爆點』，所以我才會一不小心在今天讓所有人都發狂。」

「……晴姊也不是故意的。」

「不，這或許是我應受的懲罰。」

第一次——

我看到總是充滿自信的晴姊露出難過的神情。

她以這樣的表情看著我說道：「儘管我知道身邊的人不斷因我而受傷，但我仍沒有停下腳步。」

「雨冬難道沒受傷嗎？」

「晴姊並沒有傷到誰——」

「……………」

原來，季晴夏早就知道了。

她一直默默地看在眼中，卻什麼都不說。

「即使知道，我也什麼都無法做。」

因為，晴姊就是她受傷的源頭。

就在此時——

——轟的一聲！

一根著火的橫梁倒了下來，讓整個房間陷入熊熊大火之中。

「晴姊，別再說了！我們現在先離開這邊！」

「『當我生時，一人哭，眾人笑；當我死時，一人笑，眾人笑。』」

季晴夏並沒有理會我。

她說了她的座右銘後，背轉身去，「我本想讓大家都幸福的露出笑容，但諷刺的是……現在所有人都對我感到恐懼了。這也是當然的，畢竟我搞錯了很重要的一件事。」

「晴姊！妳在做什麼！快點跟我走！」

「無法讓身邊之人幸福的人，又有什麼資格拯救全世界呢？」

因為背對著我，我無法看清季晴夏的表情。

此時——一陣暈眩襲向我的腦袋！

「小武，我不能跟你走。」

季晴夏回眸一笑。

她的笑容就如同以往一般充滿自信，像是已經決定了自己要做什麼似的。

「為什麼？晴姊！」

「要是我出去，世界就會因此而毀滅的，你想要讓我殺了所有人嗎？」

「只要不被人看到就好了——」

「小武，別騙我了。」

露出看穿一切的眼神，季晴夏將我推離她身邊。

「你已經快要無法維持『知覺共鳴』的『病能』了，對吧？」

「我可以——」

「要是你無法維持『病能』，那麼你就會因恐懼而死，我不想殺了自己的弟弟。」

「我可以撐著，我可以——噗哈！」

我的口中吐出一大口血！

眼前的情景逐漸變暗，我感到覆蓋在身上的「病能領域」一閃一閃的，像是要消失一般。

全身力氣喪失的我，不由得跪倒在地。

黑色的濃煙剝奪著氧氣，大火讓整個房間的溫度節節升高。

「你很弱小，小武。」

我知道我很弱小。

我救不了季雨冬。

我甚至……連追逐妳都辦不到。

但是，請妳別走。

別再獨身一人了。

季雨冬因為待在妳後方抹殺了自己，我不想再看到妳因為走在前方而孤獨終身。

就算無法理解妳，也請讓我待在妳身邊陪伴妳。

輕輕握著我拚命伸出去的手，季晴夏說道：「但是，你知道嗎？你的強大，來自於你的弱小。」

她用臉頰磨蹭著我的手。

「就是因為你很弱小，所以你才能察覺雨冬的傷痕，才能與她站在同一個高度上，說出安慰她的言語。」

「——！」

我很驚訝——十分驚訝。

一直以來，我都恨自己的弱小。

可是聽了季晴夏的話後，我才知道原來弱小也可以拯救他人。

「我很羨慕你和雨冬呢。」

季晴夏對我露出了像是帶著羨慕、也像是帶著些許難過的複雜笑容。

「我羨慕雨冬能待在你身後，也羨慕你可以體會他人和自己的弱小。」

季晴夏轉過身去，逐漸離開我身邊……

「因為，這些都是我做不到的事。」

「別走……」

——別走啊！

就算嘴巴和眼睛流著血，我仍使盡全身力氣往季晴夏的背影爬去——

「再見了，小武。」

地板印上我一個又一個的血手印。

晴姊……

雖然我和季雨冬永遠及不上妳，但請妳別丟下我們。

終有一天，我會追上妳的。

再給我一點時間、再給我一些時間。

我會抱持著我的弱小，成為能站在妳身邊的存在。

所以——

「不要說得像是永別一樣啊！」

隨著我的這聲大喊，季晴夏微微回過頭來，對我露出一個輕輕的微笑。

我不知道她那個微笑是什麼意思，但這是我最後在季晴夏身上所看到的表情。

接著，再也撐不下去的我，就這樣讓意識斷了線。

「等到我醒來後，我已經被院長救了出來，身在病能者研究院中。」

我將早已喝完的罐裝茶放下。

「我不知道我昏迷後的事態是怎麼發展的，只知道最後的結果——晴姊將左手移植給了雨冬，雨冬身上散發出無法控制的『刪除左邊』，而晴姊就此失蹤了。」

「所以說……真正掌握關鍵、知道季晴夏去向的人，其實是季雨冬囉。」

院長將目光投向此時依然躺在床上的季雨冬。

「是的，在我暈倒之後發生了什麼事，季雨冬絕口不提，不管我怎麼威脅利誘，她始終守口如瓶。」

「解開一切謎團的鑰匙，就在季雨冬身上嗎……」

虛擬院長用扇子抵著下巴，一副若有所思的模樣。

「是啊。」我轉身朝著門外喊道：「葉藏，妳都聽到了吧？」

「嗚喵哇啊！」

被我這樣突然一喊，門外的葉藏嚇得跳了起來！

話說我有沒有聽錯……剛剛那個很萌的叫聲，似乎是從葉藏嘴中發出的？

「聽完過往後，妳應該可以明白，季晴夏並不等於季雨冬——不對，或許應該這麼說吧。」我正色說道：「沒有任何人可以偽裝成晴姊，晴姊也不會偽裝成任何人。」

本來就很特別的她，在成為「引爆點」後，變成了更為特別的存在。

要是季晴夏真的偽裝成季雨冬，那麼所有看到她的人都會馬上因恐懼而自殺，就連我都不例外。

「我明白了。」

抱著刀的葉藏緩緩走了進來，可能是因為偷聽被發現，她顯得有些不好意思。

臉上有些羞紅的葉藏，走到了虛擬院長面前單膝跪下，恭敬的問了聲好：「母親大人。」

「妳沒事就好。」虛擬院長看著跪下的葉藏，點了點頭。

「……沒想到你們的家教這麼嚴格啊。」

在現在這個時代，我還是第一次看到女兒這樣跟母親問好的。

「母親大人除了是我母親外，也是『家族』中的長老。」葉藏瞪了我一眼，「尊敬她是理所當然的事。」

「……好喔。」

為何我要被瞪啊？總覺得我有些無辜。

「我不是說過了嗎？葉藏，在研究院中不用向我請安。」

「不管在哪邊，不管狀況怎麼演變，該做的事情還是不會變的。」葉藏將頭低得更低，「就算母親大人已經變成了程式也是一樣。」

「唉……妳這孩子就是做事太一板一眼。」

在一旁看著這狀況的我，似乎有些明白為何院長無法改變葉藏了。

不過話又說回來，連這樣的母親都對葉藏心中的心魔莫可奈何，可見葉藏的心結有多深。

「總之，葉藏妳先站起來吧。」

「是。」

起身的葉藏以立正姿態站著，一動也不動。

「……可以稍微放鬆一點沒關係。」

「是。」

葉藏將手背在後面，稍息。

「現在不是正式場合，沒有必要用『稍息』這種姿勢放鬆——」

「是。」

葉藏變回了立正。

「…………………」

這傢伙是怎樣，總覺得看了就累。

「季武。」

裝著虛擬院長的四方形螢幕緩緩移到我耳邊，向我悄聲說道：

「現在若是買了我女兒，我會叫『家族』再送你一棟房子喔。」

「……請不要若無其事的加碼，再度向我推銷妳女兒好嗎？」

「可是、可是你看她那個樣子……」

虛擬院長一副要哭的樣子說道：

「這世界最硬的礦石應該是我女兒的腦袋吧。」

「妳說話還真狠……」

我都要懷疑妳是不是她親生母親了。

彷彿看穿了我的想法，虛擬院長說道：「我當然是她母親，我覺得若我現在命令她將短裙掀開給你看，她應該也會照辦喔。」

「既然是母親，就不會叫自己的女兒做這種事！」

「可是金錢對你似乎沒有吸引力，我怎麼想都只剩下女色可以誘惑你了——對不起，我不能說謊，就算掀開裙子，這傢伙還是一點誘惑力都沒有。」

「妳這實話也太過分了！」

「這樣好了，若是你娶了她，我叫『家族』買十個絕色女人當你老婆——」

「喂！這本末倒置了吧！」

「為了能順利把女兒嫁了，於是叫十個女的先當你老婆……沒什麼問題啊。」

「妳真的希望妳女兒幸福嗎？」

「我只是希望在我有生之年，能看到女兒披上婚紗的美麗模樣——」

「妳已經死了！」

「啊，對……原來我有生之年，連女兒嫁了這種事都看不到啊……」

虛擬院長露出寂寞的神情，一副要落淚的模樣。

一時心軟的我，差點就要出言安慰她——

「不對啊……妳剛剛不是才說妳為了『世界和平』這個理念從『家族』出走，妳有這麼重視葉藏嗎？」

「嘖，引發同情心這招也不奏效啊。」

「我就知道是這樣！」

「——母親大人和季武一直在那邊竊竊私語什麼呢？」

在我們面前的葉藏突然發話。

「沒有沒有我們什麼都沒說！」

「沒有沒有我不能說謊所以的確有在說什麼。」

「母親大人？」

疑惑的葉藏微微皺著眉頭看向虛擬院長，虛擬院長將目光轉到一旁，冷汗不斷從額頭淌下。

「總、總之我們什麼都沒說啦。」

當事人就在眼前，這真是太尷尬了。

我趕緊將話題給帶開：「對、對了，我們是在討論『凶手』是誰。」

「『凶手』……對了！」葉藏的目光轉為銳利，「到底殺了母親大人的『凶手』是誰呢？」

「…………」

「……」

一提到這話題，在場眾人登時沉默下來，陷入沉思。

畢竟這個不可解的謎團，至今為止還是沒解開——

「啊。」

突然，我身旁的虛擬院長叫出了聲音。

「怎麼了，院長妳想到什麼了？」

「我記得之前季雨冬曾提過……在兩年前，她因切斷了左手而大量失血，此時，季晴夏出現在她的面前，將自己的左手移植給了她？」

「是啊，也是因為如此，季雨冬無法控制她身上散發出的『刪除左邊』。」

「為什麼？」

「哪有什麼為什麼……我剛不是說了嗎？因為她原本不是病能者，所以——」

「你剛說什麼？」

虛擬院長突然以極其嚴肅的語氣問道：

「你再清楚的說一次，你剛剛說了什麼。」

「因為季雨冬原本並不是病能者，所以……所以——啊！」

我大叫出聲！

我、葉藏、虛擬院長三人彼此互看一眼。

我們終於知道，思考的盲點在哪裡了。

「對啊，我怎麼到現在才發現！病能者的定義，是原本有著認知疾病的人，在經過訓練和藥物的改造後，得以將疾病存在身上某處，並能自由控制取出與否。」

我看向躺在床上的季雨冬。

「季雨冬沒有蝴蝶印記，沒有罹患認知疾病，更沒辦法自己控制『病能』，不管從哪個角度看，她都不是『病能者』。」

「在與我對峙時……她似乎也有說過『我不是病能者』這句話。」

在聽我這麼一說後，葉藏也恍然大悟。

「等一下！如果真的是這樣——」我轉頭問向身後的虛擬院長：「現在在『病能者研究院』的病能者，究竟有幾個人？」

「『三個』。」

院長攤開扇子，再度強調一次。

「現在在研究院內的病能者，只有『三人』。」

「我、葉藏……」

少了……一個病能者。

這一個病能者究竟是誰？

凶手是研究院內的病能者——而我和葉藏都不是凶手！

若依照狀況推斷，這個我們一直以來都沒有意識到的病能者，最有可能是真正的「凶手」！

「哈哈……」

突然，我身後傳來一陣輕笑聲。

我轉頭過去，只見四方形螢幕中的虛擬院長用扇子敲著自己的額頭，不知為何露出了笑容。

雖然她不是真正的人類，只不過是個程式，我無法用「病能」偵測她的想法，但我仍從她的笑聲中感受到了什麼。

「我早就該發現了啊……明明是這麼顯而易見的事實。」

「院長發現了什麼？」

「我一直以為季雨冬是病能者，所以才沒察覺到這件事。」

「到底是什麼事？」

「我知道季晴夏躲在哪了。」

「咦？」

「這個隱藏的『第三位病能者』，就是『季晴夏』。」

「晴姊？」

「沒錯，就是她。」

「她在哪！晴姊在哪裡？」

我激動的想要抓住虛擬院長的雙肩，但因為她不過是個影像，所以我的手穿了過去。

也不能怪我如此著急。

這兩年來，從沒有人找到她。

就算全世界都在找她，也查不到任何和她有關的蹤跡。

有的時候，我甚至都要懷疑她已經死了。
如今好不容易抓到了一點線索，我又怎麼能不激動呢？
「季武，你知道季雨冬身上散發的『病能』是什麼嗎？」
「『刪除左邊』。」
「那這個『病能』有什麼效用？」
「將所有季雨冬左方三公尺的事物，從人類的認知中刪除——」
說到這邊，我猛然將話給停住。
我終於明白了。
為何全世界在這兩年中，完全找不到季晴夏。
因為——
「沒錯。」
虛擬院長用扇子往季雨冬左方的黑暗一指，宛如宣告真相說道：
「季晴夏，就躲在季雨冬的左邊。」
左邊……
季雨冬的左邊？
一直以來，晴姊就躲在我們身邊？
這兩年來都是如此？

「晴姊……」

我走到季雨冬左方的黑暗前，努力按捺自己激動的心情往裡頭叫道：「晴姊，回答我啊！妳在裡面嗎？」

我靜待季晴夏從裡頭走出來。

但不管我等了多久，季雨冬的黑暗依舊毫無反應。

她真的在裡頭嗎？

不對，她一定在。

我突然意識到，就在剛剛我即將要死去時，並不是「刪除左邊」的「病能」救了我。

我跌到季雨冬左邊的黑暗中，然後季晴夏救了我——這才是真正的真相。

「晴姊！快出來啊！」

我有好多話要跟妳說。

有好多問題想問妳。

為何這兩年妳什麼都不說？為何要躲著我和季雨冬。

此時，我突然想到，若是我打開「五感共鳴」，那我就能看透那片黑暗、就能知道季晴夏是不是真的在裡面。

就在我打算這麼做時——

一股濃烈的殺氣從身後傳來！

我迅速轉頭一看，只見葉藏拔出了刀，將刀對準季雨冬左邊的黑暗。

「葉藏！妳想做什麼？」

被她嚇呆的我趕緊一個閃身，擋在季雨冬的面前。

「我要做什麼？這還用說嗎？我要鏟除『罪惡』。」

「咦……？」

「季晴夏就是殺了母親大人的『凶手』，我要將她給除去！」

「等、等一下！晴姊這麼做，一定有她的理由。」

「理由？什麼理由？」

「比方說跟兩年前一樣，只是一不小心讓院長和研究員他們看到了身影，所以才導致他們的發狂──」

「若真的是如此，難道她就不用負責嗎？」

「……」

「殺了二十個人，難道就不用償命嗎？」

「或許如此吧……但在沒搞清楚晴姊的動機前，我不准妳這麼做！」

「我的母親可是被殺死了啊！你憑什麼阻止我！」

「我的姊姊和妹妹可是還活著啊！妳又憑什麼殺了她們！」

「讓開！」

「我不讓！」

就在我和葉藏爭論不休時──

整個研究院突然劇烈的晃動！

宛如地震一般，遠方傳來了低沉的地鳴聲和沉重事物移動的聲響。

「怎麼了？發生什麼事了！」

我轉頭問向虛擬院長，她則露出優雅的笑容回答我：「通往陸地的大門打開了。」

「因為我們找出了『凶手』，所以出口就打開了嗎？」

「不，是我主動打開的。」虛擬院長露出了我從沒看過的笑容道：「因為，我要讓通道中的『科塔爾氏妄想』流進研究院。」

「咦……」腦袋麻痺的我不可置信地問：「妳說……什麼？」

「你不是曾經感受過嗎？只要沾染了一點『死亡錯覺』，身體的機能就會被異常認知給影響，下降到幾近死亡。」

「這個我早就知道了！」

我開啟「兩感共鳴」感受出口處的狀況。

虛擬院長說得沒錯，一股白色的光之粒子就像煙一般，從出口的通道處緩緩流進了研究院中。

「兩年前，我第一個趕到了『晴夏案』的現場，那時我就知道了，要找到季晴夏，只要徹底掌握好你們兩位就好。而到了今天，我終於察覺到全世界的人都沒有發現的真相，找到了季晴夏。」

「等一下……妳不是說過嗎？妳對我和季雨冬並沒有惡意？」

「我是說過啊，我對你們的確沒有惡意。但是——」

虛擬院長歡快地笑。

「我對季晴夏有著滿滿的惡意。」

「…………」

過於意外的真相，讓我完全說不出話來。

「接著只要什麼都不做，讓這股『死亡錯覺』充滿整間研究院，即使是季晴夏也會死吧。」

「但要是這樣──」我抱住混亂無比的腦袋，「這所研究院的其他人也都會跟著一起死啊？」

「沒錯。」

──彷彿被重重砍了一刀！

一直以來，我都以為院長站在我們這邊。

就算不是站在我們這邊，也應該是個中立的角色。

但此時看著她那計謀得逞的笑容，我感到天旋地轉，震驚無比。

「不、不對，我不懂……」

我不懂虛擬院長在想什麼。

因為是程式，所以我也無法用「病能」感知她在想什麼。

「就算妳是要對『凶手』報仇，這種做法也太過分了吧？」

為了殺季晴夏，所以拉整個研究院的人進來陪葬？

「你誤會了，我並不是為了報仇這麼膚淺的目的。」

「那妳是為了什麼！」

「我是為了自己的『信念』。」

「——假設這所研究院中有一個罪大惡極之人，你必須殺了所有研究院內的人才能殺了他，若是為了自己的信念，那這麼做也是無可奈何的事。」

我想起虛擬院長之前曾說過的話。

「院長的信念……『世界和平』……」

「沒錯，你仔細想想，就像此時逐漸瀰漫研究院的『死亡錯覺』，要是這種東西流到世界上，那這個世界會變成怎樣呢？」

「……會一團混亂。」

這會變成一個比氫彈、核子彈更為恐怖且無形的兵器。

「任何一個病能者，都有可能改變這個世界。」虛擬院長收起扇子，以嚴肅的表情說道：「要是季晴夏從這所研究院走出去，製造更多病能者，這個世界就會陷入更大的動蕩吧。」

「所以……妳現在的舉動，只是為了殺晴姊？」

「沒錯，就像季晴夏在兩年前曾說過的：這個世界最需要恐懼的人，就是她。」虛擬院長以一副理所當然的語氣說道：「所以，我才想要將她殺了。」

「可是——」

我看向躺在床上動彈不得的季雨冬。

「這裡除了晴姊外，還有上百位無辜的研究員啊！妳也要一併將他們殺了？」

「我怕季晴夏有什麼逃出去的方式，但是從你的口中我知道，她似乎以拯救世人為己任？那麼，這些人就會成為她沉重的枷鎖。」

「妳竟然、竟然把這些人當作棄子……」

「或許你會覺得我是個惡人，但為了世界和平，這也是沒辦法的。這就是──」

院長將扇子攤開，目光一閃。

「我的信念。」

「那妳的女兒呢！」我轉頭看向陷入呆滯狀態的葉藏，「妳連妳的女兒都要一併殺了嗎？」

「說到葉藏……正好。」虛擬院長轉頭對葉藏道：「葉藏，我以『家族』長老的身分，命令妳全力阻止季武他們一行人離開這所研究院。」

「母親大人，我……」

「沒聽到嗎？葉藏。」她橫過扇子，在自己的脖子處劃了一下，「全力鏟除季武他們，就算將自己的性命賠進去也在所不惜。」

「可是──」

「沒什麼好可是的，反正這所研究院已經任何人都無法逃出去了。」

隨著虛擬院長的這句話，整間研究院再度劇烈晃動！

我感受到研究院內有數個地方不斷起火，溫度節節升高。

除了認知上的「死亡錯覺」，虛擬院長竟還多加了一層物理上的死亡因素給我們嗎？

「對世界來說，他們是不該存在的『罪惡』。」

虛擬院長繼續以強力的語氣對葉藏說道：

「葉藏！做妳一直以來在做的事——！

「『鏟除罪惡』！」

在這瞬間——葉藏的眼神變了。

「季武。」

她擺出中段的姿勢，將刀子對準我說道：

「我要鏟除你們這些罪惡。」

她什麼光芒都沒有的雙眼，就像是放棄了思考。

DANGER! DANGER! DANGER!

葉藏

病能

萬物扭曲。

病能領域

十公尺見方。

疾病源頭

愛麗絲夢遊仙境症候群(Alice in Wonderland Syndrome，簡稱AIWS)。

癲癇、藥物中毒、病毒性腦炎都有可能引發AIWS，這個疾病的名稱由童話故事——《愛麗絲夢遊仙境》而來。在故事中，女主角愛麗絲因為各種因素變大變小，而這正也說明了AIWS患者的狀況。
罹患AIWS的患者，在視覺上會產生異常，患者眼中的事物會不正常的扭曲、變大和縮小。在常人眼中不過是一顆足球，在患者眼中可能是一條有如火車一般長的蛇狀。
葉藏並非天生就擁有這種認知疾病，她是為了得到更多力量，所以自願成為病能者實驗者的一分子，也因此獲得了「病能」。
但等獲得這股力量後，葉藏驚覺她有可能會不自覺地依賴這股過於強大且方便的力量，而忽略了她本身磨練許久的刀術，所以馬上就決定要封印她的「病能」，這也成了她的最大特色——明明是個「病能者」，卻從沒使用過「病能」。

DANGER! DANGER! DANGER!

Chapter 6 憑藉死亡活下來

確定葉藏聽從了她的話，虛擬院長的影像消失了。

我的面前，只剩下對我舉著刀的葉藏。

「季武，只要你們乖乖別動，我會盡力讓你們沒有痛苦的走。」

「妳到底在想什麼！現在根本不是做這種事的時候！」

「死亡錯覺」不斷湧進來，整間研究院逐漸被汙染。

我用「病能」探知研究院的狀況。

百分之二十……不對，已經有百分之二十五了！

而且最糟糕的是，除了「死亡錯覺」外，研究院多處還竄起了大火！

刺耳的警報聲不斷響起，我可以感受到那些鎖在「避難區」的無辜人們強烈的不安！

大火、死亡錯覺、上百位無辜的人，處於海底且完全封閉的研究院。

現在到底該怎麼辦？

別說將所有人都救起來了，我甚至連讓我和季雨冬活下去都辦不到。

——唰！

就在我不斷思考時，葉藏向我砍了一刀！

我趕緊一個退步閃開！

「妳到底在做什麼！要是再不想想辦法，我們都會死在這所研究院啊！」

「我只是在『鏟除罪惡』──」

「妳不是！」我大聲喊道：「妳只是放棄思考而已！」

「你們這群殺人凶手有什麼資格說我！」

「妳難道就有比較好嗎！」我對著葉藏大吼：「妳為了絆住我們，於是不去救那些無辜的研究員？這些人若是死了，難道妳能挺起胸膛說那不是妳殺的嗎？」

「不，母親大人說了，你們才是最為巨大的罪惡，要是一不小心讓你們逃了出去，世界就會──」

「別管院長怎麼說了！」

我開啟「三感共鳴」，將季雨冬抱起來放在自己身後。

「妳自己又是怎麼想的？妳到底想做什麼？妳想要救誰？又想要殺了誰？」

「我、我……」

葉藏握著刀的手不斷顫抖。

「說啊！妳的『信念』究竟是什麼！」

「可是、可是──」雙手抱著頭，葉藏喃喃自語：「我又能怎麼辦？我只是不想要再看到妹妹那種慘事發生，所以才拚了命的想要將罪惡給消滅，但是……為什麼會變成現在這樣……」

我過人的感知，讓我看到一股黑色的氣息從她的心中攀爬而上，逐漸將她的眼睛染黑——

葉藏以嘶啞的聲音說道：「我救不了妹妹、救不了母親，我一個人都救不了——」

看著眼前的葉藏，我彷彿看到了過去的自己。

兩年前的我也是這樣。

我恨自己的弱小，恨自己沒有堅定的意志，恨一個人都拯救不了的自己。

「我到底該相信什麼啊……」

葉藏抬起頭看向我，表情充滿了無助。

她的雙眼越來越黑、越來越黑——

原來……要是我走錯一步，也會變成這副模樣嗎？

而我今天之所以沒有變成這樣，一切都是因為我身旁有著季晴夏和季雨冬。

「——你的強大，來自於你的弱小。」

當我迷失方向，我可以靠著前方的晴姊指引方向。

「——奴婢會竭盡所能在後方支援武大人的。」

當我失去什麼而無法承受時，我的身後有人可以扶持我。

「什麼都做不到，被母親大人捨棄也是應該的……」眼神已經變成一片漆黑的葉藏搖搖晃的舉起刀，「至少在最後，我要鏟除你們這個罪惡……」

面對逐漸靠近的葉藏，我握了握季雨冬的手，感受著她手中傳來的溫暖。

在這麼緊急的時刻，生死處於一線的環境中——

我突然找到了自己的「信念」。

「葉藏，我很弱小，比誰都還弱小。」

所以，我比任何人都要能體會他人的脆弱。

閃過葉藏揮來的刀子，我繼續說道：「想必妳很難受吧。妳的感受，我比誰都還明白。」

從葉藏身上散發出來的，是深不見底的懊悔之意。

我想她大概很迷惘吧。

就像徘徊在黑暗之中，她自己也不知道該何去何從。

所以，她只好將眼前的我們定義為「罪惡」，然後揮刀砍向我們。

「我不會嘲笑妳的弱小，也不會強自要求妳要堅強。」我往前踏了一步，擺出架勢，「就讓我的弱小與妳的弱小『共鳴』——

「我要站在妳的身邊，以我的弱小拯救妳。」

要制止失控的葉藏，得先想辦法打倒她，讓她喪失行動的能力。

「三感共鳴」的我衝到葉藏懷中，按住了她要拔出刀的手。

──唰！

果然，還是不行。

我無法阻止她的拔刀。

刀子劃出一道漂亮的銀弧，將醫療室的手術臺一分為二。

「嗚……」

我捂著肚子上被砍出的傷痕，單膝跪倒在地。

葉藏往前一踏，再度收刀、拔刀！

──唰！

這次整個地板被砍成了兩半！

好在我動作夠快，抱著季雨冬在第一時間閃開，要不然連我們都會──

──唰！

「嗚喔！」

我頭一偏！閃過了葉藏的刀子！

刀子從我耳邊削過，將我身後的牆壁砍成了兩半！

「等、等一下──」

唰！唰！唰！

接連三刀！快到幾乎要讓我以為是同一時間砍的！

「三感共鳴！」

在刀子要近身的那刻，我開啟了「三感共鳴」，以毫釐之差閃過刀子。

既然手不行，那麼腳呢？

趁著閃身的空檔，我朝葉藏的重心腳一踢。照常理說，這腳會破壞她的重心，讓她前傾跌倒——

但是，事態完全沒有照著我想的發展。

在我眼前，葉藏繼續她的動作——

收刀、蹲下、右腳踏出一步——拔刀！

銳利又順暢的刀痕劃過了醫療室，美得就像是一幅畫！

——唰！

這道銀痕吞沒了整個醫療室，房間被她這刀砍成兩半！

「這也太誇張了……」

我目瞪口呆地看著眼前的情景。

就連「三感共鳴」的我，都無法動搖她分毫嗎？

我面前的葉藏眼中已經完全失去了光芒，看來她下意識的扼殺了自己的思考，將身體交給了一直以來修行的武術。

這種無意識的狀態，反而讓她變得更加難以處理。

因為沒有多餘的雜念，所以揮刀更加俐落，而我判讀她的動作也變得更加困難。

「現在最麻煩的是……根本沒有辦法處理她的拔刀術——」

不管做什麼，她都能完成拔刀動作。

她那在艱苦訓練後得到的動作，已經幾乎等同於建立一個「只屬於她的世界」了。宛如收刀、按刀、踏步、拔刀是一個絕對無法動搖的自然過程。

她必定能拔刀揮擊，必定能將眼前的東西斬斷。

如此一來，我的「病能」就一點用處都沒有了。

不管我怎麼讀取她的身體訊息都沒用，只要是處於這一過程中，她就是無敵的。

雖然能持續閃避她的斬擊，但這樣是無法取勝的。

還是要從她面前逃離？不要跟她打？不，這樣也是行不通的。

我必須保護昏迷的季雨冬，也要想辦法拯救那些無辜的研究員。我無法長時間保持「病能」開啟的狀態，要是不趁此時將葉藏解決，她在關鍵時刻進行妨礙那就完了。

「嗯……」

看著她刀鞘上纏繞的層層鐵鍊，我心想那或許能利用。

若是我將速度提高到極限，那她還跟得上嗎？

趁著葉藏揮刀之間的空檔，我衝入她懷中，將手伸向了刀鞘，將纏繞在刀鞘上的那些手銬都卸了下來。

這些手銬約有二十來副，就讓我來好好利用這些鐵鍊和手銬吧！

「已經沒有時間了……」

研究院的「死亡錯覺」汙染已經到了百分之五十，大火也即將燒到主控室。

不管再怎麼估算，我都只剩下約十分鐘左右能處理葉藏。

我必須在這短暫的時間內打暈她，讓她喪失行動能力，接著的事，就等逃出去之後再說。

我深吸一口氣——

「三感、共鳴！」

我使出全力向葉藏疾衝而去！

葉藏拔出刀！閃光般的斬擊向我砍來！

她看得很準確，要是依照這走向，我會在三步之後被她砍成兩半！

但是——我不會讓這個狀況發生的！

——鏘的一聲響！

本應百分之百砍中的斬擊落了空！

本來疾衝的我，完全違反物理原則的將速度瞬間降為了零。

葉藏驚訝的雙眼圓睜，看向我身後的鐵鍊。

沒錯，我將一條鐵鍊偷偷釘向身後的牆面，靠著拉住這條鐵鍊，我硬生生的將身形給停住。

不愧是葉藏的手銬，強度果然夠。

趁著葉藏吃驚之時，我甩出另一副手銬銬向她的手。但葉藏也不是省油的燈，手抬了一下，讓手銬銬住了她的刀鞘。

銀光一閃，葉藏的刀出鞘，瞬間將鐵鍊給斬斷，速度快得只有一道白光閃過，要不是我現在是「三感共鳴」的狀態，我說不定會以為刀根本就沒拔出來過。

使用「病能」，我從她的動作和視線中判斷出她的死角在哪邊。

繞到她的死角！我再度甩出了手銬！

理當無法反應的葉藏什麼動作都沒有，但是她憑藉著本能，就在手銬要抵達的那瞬間揮刀將它斬落了！

「這樣都不行嗎……」

必須更強！必須更快！

我甩出一副手銬，但這次不是攻擊葉藏。我將手銬兩端釘在左右兩側的牆上，登時一條鐵鍊橫掛在我與葉藏之間，我踩在鐵鍊上，往天花板跳去！

「既然跑到死角沒有用……」

眼睛閉了起來，我把身邊的空間印入腦中——然後張開雙眼。

我將二十幾副手銬同時甩了出去！

這些手銬釘在了房間中，無數鐵鍊瞬間充斥著走廊中的所有空間，這些鐵鍊不但限制住了葉藏的行動空間，又可以讓我藉著這些鐵鍊不斷的借力跳躍。

上、下、左、右！我以最快的速度在這些鐵鍊中縱橫跳躍！

要是有一般人在旁觀看，或許會覺得同時間有十個季武在跟葉藏打吧。

相對於我的「動」，葉藏反而越來越「靜」。

她垂下雙手呆站在原地，只是在我的攻擊要抵達她身體的瞬間，拔出刀來進行回應。但每次只要她一拔刀，我就必須將攻擊收回。

「要更快——要更強！」

我不只靠近以體術攻擊，也在遠處以手銬投擲進行包夾，有時還會以拉住鐵鍊的方式瞬間停下或是轉向。

理解她的所有目光和動作，我不斷以假動作製造死角！

「再快一點！再強一些！」

刀光、人影、鐵鍊不斷交錯，讓人幾乎要分不清楚三者之間的差異在哪。

在我持之以恆的攻擊下，我終於打破了葉藏的防禦！她的衣角和身體開始出現傷痕！

可是因為一直開著「三感共鳴」，我的眼中也流下了血淚，頭腦也開始隱隱作疼。

究竟是我先承受不住而倒下？還是她先被我給攻倒——

就在此時，一個異變突然降臨！將這個危險的平衡給打破！

葉藏閉上了雙眼，將刀出鞘！

這次的斬擊和以往有著本質上的不同。

在那極為短暫的零點零零一秒中，我直覺性的察覺到了危險，抽身離開這道斬擊的範圍。

就在我剛剛脫離斬擊的瞬間——

一道完美的圓形閃光出現在我面前，葉藏周遭的空間登時清了出來，不論是鐵鍊、我的殘影還是任何事物，在這個圓圈之中都被削斷、落下，變成了一片空白。

等我四肢著地落到了刀的範圍外，我才真正意識到那道斬擊有多麼驚人。

「剛剛……那是什麼？」

刀的軌跡順暢得讓人害怕，幾乎要讓人看到就停止呼吸。

雖然看得一清二楚，卻完全無法「理解」，我還是第一次遇到這種狀況。

但異變並沒有就此停止。

面前的葉藏緩緩以漂亮的正坐姿勢坐了下來。

「──！」

在這瞬間，她身邊的氣息陡然一變！

葉藏周遭的時間和空間彷彿凝固了，堅硬得完全無法闖入。

這股厚重的氣氛，讓我不自覺地吞了一口口水。

我終於明白剛剛無法「理解」的是什麼東西了。

不管是誰，只要是人類，就不可能一動也不動，但葉藏此時完美體現了一個字──那就是「靜」。

除了必要的呼吸及心跳外，葉藏停止了所有的動作，彷彿死掉一般。

我的「病能」是「超感受力」，我一貫的作戰模式，是以「病能」收集情報，從肌肉、呼吸等預測敵人的動作，進而採取適當的反應和攻擊。

此時的我看著葉藏，卻完全不知道該如何行動才好。

除了必要的生命反應之外，我什麼情報都感受不到。

她的「靜」，完全克制了我的「動」。

那麼……先試探一下？

我小心翼翼的──頭髮被削斷了幾根──舉起腳來！

「咦？」

——鏘！

隨著這聲撞擊聲響起，我才意識到刀已經拔出後又收了回去。

我維持著腳舉起來的動作，內心驚駭至極。

因為「病能」，所以我才勉強看得清出刀的過程，但我的身體根本就來不及採取任何反應。

之所以會如此，是因為葉藏將動作完全停了下來，以全然的「靜」儲存力量，然後再將所有力道貫注在拔刀時的短短剎那。

她那能與我「三感共鳴」對抗的龐大能量，集中在極為短暫的瞬間、極為狹窄的刀面上——那會是多麼恐怖的一件事情啊。

而且，無法事前從她的動作得到情報，就表示無法事前預判和防範。

葉藏的速度沒變，我的理解卻慢了一步，所以才會覺得跟不上她的動作。

我再度小心翼翼的——衣服被劃破——舉起腳來！

「嗚啊！」

——鏘！

狀況還是沒變，等到撞擊聲響起後，我才意識到刀已經拔出後又收了回去。

「……」

葉藏明明就只是閉眼席地而坐，什麼事都沒做，但是我竟有種無可下手的感覺。

她的刀所能觸及的範圍就是她的世界、她的領域，誰都無法動到她分毫。

「該怎麼辦……」

我不斷在葉藏身邊繞著圈，完全無法靠近。

冷汗從我額頭滑落。

唯一慶幸的是，雖然剛剛交手的過程很激烈，但其實時間並沒有過去太多。

研究院的汙染只從百分之五十擴展到百分之五十五。

然而，若是繼續這樣拖下去就不妙了。

該怎麼辦？

繼續開到「四感共鳴」？不，葉藏的狀況太特別，即使開到「四感共鳴」，我也無法從她身上討到好處，狀況依舊無法改善。

若是「五感共鳴」……不，如果這麼做，就算我贏了，我也會馬上倒下，之後根本無法脫離這個險境，拯救季雨冬和其他人。

我想不到任何方法贏過現在的葉藏。

時間一分一秒過去……而我只能心急如焚的虛耗時間。

研究院內的汙染區域不斷擴大，院內的溫度也越來越高。

我的頭開始暈眩。

雖然「病能」開啟過久也是原因之一，但最主要的因素，是研究院內的氧氣開始不足。

並不用等到大火燒盡這個地方，這所研究院處在海底，是個完全密閉的空間，只要火把研究院內的氧氣都消耗光，那大家就只有死路一條。

「時間……快沒了……」

仔細思考啊，若是晴姊會怎麼做——

若是晴姊——

不對！不是這樣！

我狠狠捏了一下自己的臉頰！

我不是晴姊，我沒有她這麼強大的力量。

兩年前，我就是希望自己什麼都能做到，沒有屬於自己的信念，所以才落得了捨棄季雨冬的悲慘下場。

不是已經體會到了嗎？我有我的弱小。

我要用我的弱小與他人共鳴，拯救他人——

「對了……」

一直以來我能做到的，不就是「理解他人」，與他人共鳴嗎？

我真是把自己想得太厲害了，我怎麼會想到要用力量壓過葉藏呢？

既然想像不到超越葉藏的情景，那就不要這麼做吧。

深吸一口氣後，我將知覺開到了「四感共鳴」，緩步向葉藏走去。

「葉藏，我說過了，我要『理解』妳。」

我隨手抓起一把手術刀，掛在左腰間。

——我就是葉藏。

我不是季武，我是葉藏。

感受她的視線。

感受她的呼吸。

感受她的思想。

感受她的肌肉。

感受她的神經。

感受她的血液。

感受她的肉臟。

感受她的骨頭。

感受她的細胞。

——感受葉藏的一切。

就跟葉藏一樣，我將自己完全停止，化身為「靜」。

將自己完全化身為她。

在葉藏的領域邊緣，我以正坐的姿態緩緩坐了下去——

——鏘！

她的刀和我的手術刀相交。

相同的角度、相同的力道、相同的刀軌——

勝負在這一瞬間決定了！

我們兩人的刀從相交之處裂開，接著這道裂痕逐漸擴大、滿布整把刀——最後，我們兩個的刀同時碎裂。

勝負結果，理所當然的是平手。

雖然表面上是葉藏與季武之間的雙刀對戰，但其實剛剛是葉藏與葉藏之間的拚搏。

完全相同的兩個人，以完全相同的認知和動作互相撞擊，那麼當然會落得同時破裂的下場。

喪失刀具的葉藏，再也無法以刀子構築屬於她的世界。

至此，勝負已定，她再也無法與我抗衡。

「…………」

看著手上只剩刀柄的刀子，低著頭的葉藏一句話都不說。

一動也不動的她，眼神稍稍恢復了清明。

「呼……」

解除「病能」的我全身脫力，不支的倒在地上。

「病能」開啟太久了……

而且，模仿葉藏的動作，對身體的負擔比想像中還大。

但現在不是呆坐在這邊的時候，我咬緊牙關，再度開啟了「二感共鳴」進行探察。

「死亡錯覺」汙染了百分之七十的研究院，那些躲在避難區的研究員們被這股異常認知感染，已經全都倒下。

但奇怪的是，他們的身體機能並沒有下降到「完全死亡」的程度，而是「接近死亡」的假死狀態。

仔細觀察後，我明白了是怎麼回事。

或許是因為範圍擴大的關係，這股「死亡錯覺」並不像是我一開始接觸的那般濃厚。

變得稀薄的異常認知，雖然影響了人類，卻無法使其馬上死亡。

但要是持續暴露在這樣的異常認知中，這些人遲早會死。

而且，除了異常認知外，研究院內的大火已經大到完全無法抑制了。

濃煙不斷在研究院內瀰漫，被火焰吞噬的梁柱也不斷崩塌、落下。

必須想些辦法了。

我顫巍巍的站起身來，看了季雨冬左側的黑暗一眼。

「晴姊？」

我試著叫了一聲，但不管等多久，都沒有人回應我。

此時我突然想到，季晴夏不從裡頭出來是應該的。

她會引爆人類腦中的「恐懼炸彈」，讓大家因而死亡，所以她才無法現身在我們面前。

沒關係，季晴夏是不是在裡頭，等之後再好好追究吧。

現在，得先想辦法逃出這個絕境。

我抱起了季雨冬——

「就連我的刀，都捨棄了我嗎……」葉藏喃喃道：「一直以來積累的時間和人生，到底算什麼……」

——咦？

此時，我發現我犯下了大錯。

我以為將葉藏打敗後，事情會就此結束，但這是我的傲慢。

並不是以力服人後，就能拯救人的。

以葉藏的狀況來看，這只是讓事情變得更加糟糕而已。

「從今以後，我又該保護什麼呢？」

眼神再度變得混濁的葉藏，撿起了地上斷掉的刀尖。

她的手掌被銳利的刀鋒給割傷，鮮紅的血液也不斷往下淌——一如她的心。

「就連自己深信的武術，我都保護不了——」

葉藏高高舉起刀尖，對準自己胸口揮了下去——

「不要——！」

因為發生得過於突然，我連季雨冬都來不及放下，就這樣抱著她朝葉藏衝去！

我到底在做什麼！

我不是說要用自己的「弱小」拯救她嗎？

但是我做了什麼？

我並沒有站在她身邊扶持她，而是站在她的上方折服她。

表面上看來好像是我占了優勢，但這只是在否定她更多東西而已啊！

葉藏的刀子再零點五秒就要穿透她的身體。

以她的力道和角度計算——

不行，來不及了！

以我的身體狀況，不足以累積足夠的力道，停住她的刀子。

唯一剩下的路只有——

對了，我可以用自己的身子停住她的刀。

憑藉我的「病能」，我可以感應刀的走向，讓它刺進非要害的地方，藉此拯救葉藏的性命。

就算被刀貫穿，我也能操控身上的肌肉和血液，讓傷口不至於太嚴重。

沒錯，就這麼辦。

就在我切入到葉藏懷中，準備迎接刀尖時——

一個意想不到的異變發生了。

在幾乎要停滯的時間中，我看到懷中的季雨冬緩緩睜開了眼，從昏迷中清醒。

她不知道剛剛發生了什麼事。

她不瞭解過程，也不知道此時的狀況是怎麼演變出來的。

剛剛醒轉的她，只看到了「葉藏舉刀刺向我」的事實。

但是對季雨冬而言，此時所看到的情景就足以讓她採取行動了。

身為婢女的她，唯一會做的事只有一種。

於是——

她毫不猶豫地迎上了葉藏的刀，想要代替我而死。

「不要————！」

時間彷彿暫停了。

這個轉變發生得過於突然，讓我連思考解決辦法的時間都沒有。

我只能運用所有能用的肌肉和力量，想要翻轉季雨冬死亡的結局——

——噗的一聲輕響。

在場的三人都陷入了靜寂，耳中只聽得見鮮血滴落在地面的答答聲。

雖然我保護住了季雨冬，但刀子仍穿透了我的身體。

跟我原本預想的完全不同，這把刀刺穿了足以致我於死的要害處，大量的鮮血從傷口噴了出來——

我感到身體的生命力和活力一點一滴消失，就像是隨著鮮血流出身體一般。

這是致命傷。

刀子穿透了重要的肝臟和動脈。

我將刀子從體內抽了出來，運用「病能」控制身體的肌肉，暫時將傷口闔起。

依照這狀況，估計只要再五分鐘，我就會喪失生命機能。

真是傷腦筋……

我無法像季雨冬那時一樣，使用「病能」修復自己的身體。

因為若要在五分鐘內拯救自己，我就必須開到「五感共鳴」。但現在的身體狀況，根本無法容許我這麼做。

首先……必須延長我生命的時間……

「你、你為什麼要這樣……」葉藏語氣顫抖的問我：「我們明明是敵人，你為什麼要犧牲自己救我……」

「我不是說過了嗎……」

我一邊說話、一邊咳出一口血。

「我與妳的『弱小』共鳴了……」

妳就是兩年前的我。

「妳的弱小和傷痕……就是我的弱小和傷痕……」我站起身來，捂住腹部的傷口說道：「拚命拯救自己，哪還需要什麼理由。」

只是……我沒料到最後我會落得這個下場。

聽到我這麼說，葉藏微張著嘴，一句話都說不出來。

「武大人……」我身旁的季雨冬，以細若蚊蚋的聲音道：「對、對不起……」

看著她低著頭的模樣，我一時之間不知道該怎麼反應才好。

「我……嗚。」

我想張嘴說話，但是喉嚨湧上的鮮血堵住了我的話。

先等一下吧。

我有好多話想跟雨冬說。

所以，我一定要想辦法活下去。

我對季雨冬露出一個虛弱的淺笑後，不斷以蹣跚的腳步往前走。

「等一下！受這麼重的傷，武大人你到底要去哪？」

我沒有理會身後的季雨冬。

連說話的力氣我都想省下來。

鮮血落到地上，將我走過的地方都染紅。

——好痛。

要死了。

我好弱小。

但我絕對會活下去的。

一邊往眼前的「死亡錯覺」走去，我露出笑容。

我終於找到屬於自己的路了。

我要以自己的弱小與他人的弱小站在一起。

就像晴姊指引我——就像雨冬支撐我。

弱小的人只要在一起，也一定能變得堅強的。

「當我生時，一人哭，眾人笑；當我死時，一人笑，眾人笑。」

晴姊，這是妳選擇的路。

能力強大的妳，貪心的改變了原有的話，想要讓所有人幸福。

我本想追逐妳，但直到今天，我才發現我錯了。

我並不適合這條路。

真正適合我的，是不起眼的凡人之路。

「當我生時，眾人笑；當我死時，眾人哭。」

這才是我該走的路。

從今以後，我再也不哭了。在我的生命中，我要盡量露出笑容，與他人一同歡笑。

在我死前的一瞬間，我也不奢望能露出笑容，但我希望大家會因為捨不得我而哭泣，而我也會因為捨不得他們而掉下眼淚。

並不是在前方的憧憬，也不是在後方的默默支持。

我想以平等的身分和大家在一起。

雖然我只剩下三分鐘的生命，但是，現在還不到我死掉的時候。

我有活下去的辦法，雖然這個方法非常冒險。

望著瀰漫在眼前的「死亡錯覺」，我踏到了裡頭。

為了活下去，我必須先死過一次。

——我死了。

「死亡錯覺」浸染我的身體，抹消我的意識，讓我的思考逐漸變得一片空白。

——我死了。

我用幾乎要斷線的意志維持「兩感共鳴」，我一邊感受自己的身體，一邊努力與這股「死亡錯覺」對抗。

心臟在跳，體溫也有——藉由這些生命跡象，我確認我其實還活著。

正如我所想，因為「死亡錯覺」，我幾乎陷入假死狀態。

體溫低到跟死人一樣，心臟的跳動次數一分鐘也只剩十下不到。

所有生理活動都降到了最低。

但也因為如此，我的生命被延長了。

本來三分鐘之後就要消逝的生命，硬是被這股宛如冷凍般的狀況延長到了三十分鐘。

雖然我的身體狀況只能支持我到「兩感共鳴」，無法高速進行手術，但若是有三十分鐘的話，足夠我修復自己的身體了。

我緩緩舉起拿著手術刀的手，開始對自己進行手術。

因為生理機能降到了最低，我的一舉一動都像是在深海一般，既沉重又緩慢。

此時唯一的好處，是切割自己的身體時，並不會感到疼痛。

因為死人是不會感受到疼痛的。

我雖以「病能」維持住自己的認知和生命，但我已經極為接近死人。

一開始時，手術還算順利，可是等到十分鐘過去，我的狀況越來越不妙。

明明沒有受傷，但我身上多處出現了瘀血，一塊塊的紫色瘀青逐漸爬滿全身。

之所以會如此，是因為我不斷在身體機能低落的狀況下進行運動。

在心跳和呼吸都幾近停止的情況中，我沒有血液供給養分，也沒有氧氣可以給我能量。

所以，我的肌肉逐漸撕裂、受傷。

現在的我唯一能做的，就是搜刮體內所有殘餘的能量，盡量以最有效率的方式進行分配。

不重要的部分就捨棄吧。

犧牲、榨取那些失去的部分，將它們轉化作關鍵部位的能源。

先是左小指無法動彈，再來是我的大拇指。

隨著時間過去，我的左手陷入完全不能動的狀態。

身體的部位不斷變黑，壞死。

在第二十五分鐘時，我只剩下右手可以行動。

但此時，難關再度降臨──

──死死死死死死死死死死死死死死死死死死死死死死。

「死亡錯覺」不斷刺進我的腦袋，想要將「我是死人」的認知灌入腦中。

我知道，這一切都是因為我待在「死亡錯覺」中的時間太久了。

隨著時間越長，它的存在感就越大。

──我是死人。

不，我是活人。

──我是死人我是死人。

不，我還活著。

我努力在腦中描繪季晴夏和季雨冬的臉龐。

──我是死人我是死人我是死人我是死人我是死人我是死人。

我不能死，我還要回去見她們。

我要告訴晴姊，我不再追逐妳了。

我要告訴雨冬，請從身後走到我身旁吧。

只剩一針了。

我的身體也只剩右手食指可以動了。

只要縫好這針，我的生命……就能救回來……

——我是死人。

巨大的「異常認知」湧入我的腦袋，將我的意識洗成了一片空白。

我想要抵抗這股空白，身體卻違反了我的意願。

被廣大無邊的空白吸引，我感到身體往那片虛無之中墜去——

啊……果然還是不行啊……

這次，真的沒有救了嗎？

雖然我已經盡了全力，但還是差了那麼一點嗎？

那麼……至少在最後這刻，我要露出笑容……

——鏘！

一副黑色的手銬劃破空白，就像一條黑龍似的咬住了我的手腕。

幾乎要死亡的我完全無法抵抗，就這樣被一股大力給拉往空中。

這條黑龍以嫻熟的技巧舞動著，乘著這條黑龍的我雖不斷上下左右飛舞，卻沒有撞到任何東西。

我持續往前、往前——空白的世界不斷從耳旁掠過，就像是從我的身體內抽離似的。

在旅途中，空白逐漸染上了色彩和溫度，化為我熟悉的世界。

這趟空中旅行很快地就來到了終點。

最後，在終點處迎接我的是拉著鐵鍊的葉藏，以及滿是淚痕的季雨冬。

知道自己不會有事的我，緩緩閉上了眼。

「嗚嗚……」

不斷的有水滴落在我的臉上。

「都是奴婢沒有盡好職責……才讓武大人變成這副慘狀……」

深深的疲倦困住了我，幾乎要油盡燈枯的我，連眼皮都張不開。

但是感知仍可以正常運作。

我試著讓知覺共鳴，觀看周遭的狀況。

大火包圍住我們。

到處都是黑色的濃煙和著火的建材。

季雨冬站在輪椅的左後方，以不穩的方式推著輪椅上的我，而一語不發的葉藏走在前方，努力清出一條能走的道路。

「嗚嗚……」

季雨冬的淚水，就像是足以把周圍的大火給澆熄般不斷流下。

「武大人……」

別哭了，雨冬。

我之所以這麼努力，並不是想要看到妳哭泣的表情。

「如果真的要救葉藏小姐，武大人明明就有更好的做法……」

季雨冬接著所說的話，讓我完全清醒。

從心中湧起的激動情緒，甚至讓我從重傷狀態下張開了眼。

在我身後的季雨冬，以再平靜不過的聲音緩緩說道——

「只要拿奴婢的身體去擋住刀子，武大人就不會變成現在這副悽慘的模樣——」

「——閉嘴。」

雖然說話讓我的嘴巴內不斷出血，但我還是以全身的力氣道：「閉嘴，雨冬。」

或許是我突如其來的聲音嚇到她。

也或許是我從沒有用如此惡劣的語氣跟她說話。

季雨冬呆站在原地，就像失了魂一般。

她低著頭的樣子，令人看了非常不忍。

我想生氣的大罵她，也想難過的抱著她痛哭。

過多的情緒在心中混雜，讓我不知道該怎麼做才好。

我們兩個互看彼此，一時之間誰都沒說話。

——別再這樣犧牲自己了。

——別再這樣無慾無求了。

——別再將我的幸福看作自己的幸福了。

我的心中有很多話想說，然而看著她的臉，我一時之間不知道該說什麼好。

「雨冬……」

最後，我決定不要說太多。

閉上眼，我順著心中最真摯的心情，將千言萬語化作了一句話——

「請妳不要丟下我。」

「——！」

季雨冬雙眼圓睜，似乎完全無法相信剛剛聽到了什麼。

「在我給妳幸福前，請妳不要丟下我。」

我再說了一次，這次說得更加清楚些。

「……………」

一動也不動的季雨冬，晶瑩的淚珠不斷從眼中滾落。

她抽抽噎噎地問道：「這是、這是武大人的命令嗎？」

「不——」

我將頭往後一仰，靠到季雨冬柔軟的腹部上。

「這是季武的祈願。」

Chapter 7

研究院內的第四位病能者

死亡錯覺汙染：99％。
研究院內殘餘氧氣：1％。
大火燃燒區域：90％。
這裡是研究院正中央的房間。
除了關著所有研究員的堅固避難區外，我們來到了最後一間完好且安全的房間。
但是，這狀況也不會持續太久。
不用幾分鐘，這裡不是被「死亡錯覺」籠罩，就是被大火一舉入侵。
「接著……怎麼辦呢？」
我的身體已經幾乎無法動彈，而且虛弱到完全無法開啟「病能」。
現在的我，就只是個重傷的一般人而已。
看著眼前這堪稱絕境的狀況，我已經想不出任何可以活下去的方法。
就算有方法不被異常認知感染，也會因氧氣耗盡而死。
就算真的解決前面兩項問題，等到大火燒盡這地方，或是建築物崩毀使海水灌進來，我們也一樣無法存活。
該怎麼辦才好？

「有一個方法，可以讓所有人都生還。」

突然，我身後的季雨冬如此說道。

「咦……」

我有些訝異的看向季雨冬。

竟然，還有打破這困境的方法？

「沒錯，而且若是這方法成功，得救的不只是我們，這所研究院的所有人都會得救。」季雨冬看向頭頂的天花板，「這也是為何奴婢等到最後這刻，因為這是最後才能使用的方式。」

「雨冬小姐，確定是這邊嗎？」

走在我們身前的葉藏轉頭看向我們。不知為何，與我的視線一相交，她就發出了「嗚啊啊」的聲音，有些臉紅的將視線轉開。

……這人是怎麼回事？撞到頭了嗎？

本來的高冷態度已不復存在，幾乎都要讓人以為是另外一個人了。

「沒錯，就是這邊。」季雨冬指著正中央之處說道：「這裡就是整個研究院的中心點。」

「中心點……？跟我們得救有什麼關係？」

「武大人，只要靠葉藏小姐將研究院跟研究院外頭的殼打破，因為地處海底深處，外頭的海水就會灌進來，將這邊的大火給澆熄。」

「……就算大火的問題解決了。那麼『異常認知』的部分呢？而且我們所有人都會跟著淹死吧？」

「這兩個問題可以一起解決，這也是為何奴婢要等到『死亡錯覺』幾乎瀰漫整間研究院時才採取行動。」

季雨冬指著我身上的瘀青道：「奴婢要複製武大人剛剛的做法。」

「剛剛……？」

「被目前的『死亡錯覺』感染，會陷入無限接近死亡的假死狀態。」

「嗯。」

「呼吸幾乎停止，身體機能降到最低。那麼，即使被海水淹沒，一時之間也不會淹死。」

「沒錯……妳說得沒錯！」

季雨冬的話讓我恍然大悟。

就像我剛剛做的一樣，我本來只有三分鐘的生命，但因為陷入假死狀態，硬是延長到了三十分鐘。

季雨冬等到最後這刻才行動，就是想要確定研究院內的所有人都感染了死亡錯覺。

我一臉敬佩的看向季雨冬。

「竟然想得出這種逆轉一切的妙計，真不愧是雨冬。」

聽到我這麼說，季雨冬難得露出不好意思的表情，微微羞紅了臉。

「然而，就算可以一時不死，被海水淹沒的我們，遲早也會死去，接著該怎麼辦呢？」

需要有一個人通知陸地上的救助隊，將我們全都救起來。

但是整間研究院的人都陷入了假死狀態，究竟誰能做到這件事？

「武大人，還有一個人不會被感染『死亡錯覺』喔。」

「誰？」

季雨冬將視線轉向她左側的黑暗道：「那就是奴婢左邊的姊姊大人。」

「刪除左邊」——將左邊的世界從人類的認知中抹去。

既然不存在，那當然就不會感染到「死亡錯覺」。

抵達陸地後，可以自由行動的季晴夏當然就能想辦法拯救我們。

不過，現在的我真正在意的是——

「果然……晴姊就在妳的左邊嗎？」

「是的，兩年前，奴婢的面前出現了姊姊大人。為了將被石頭壓住的奴婢救出來，她將奴婢的左手切除；同樣也是為了救奴婢，她將自己的左手移植給了奴婢。」

「……接下來的兩年，晴姊一直都躲在妳的左側嗎？」

「是的，姊姊大人一直在奴婢的左邊，她說要等找到解除『恐懼炸彈』的方法後，才會從奴婢的左方出來。」

「……」

看著沉默不語的我，季雨冬在我面前跪了下來。

「抱歉，一直瞞著武大人這件事……」

「還記得嗎？奴婢曾對武大人說過——『奴婢就是凶手』。」

「妳之所以這麼說，是因為妳早就知道『凶手』是誰了嗎？」

「是的，奴婢在知道命案的慘況後，第一時間就想到了，唯有姊姊大人有可能是『凶手』。」季雨冬三指著地，將頭伏了下去說道：「隱瞞這一切的奴婢，跟『凶手』同罪。」

季雨冬不會跟我說謊。

原來，她說她是凶手，是這個意思啊……

「真是……太好了……」

「咦？」

聽到我這麼說，季雨冬驚訝的抬起頭來。

「我本來很擔心妳是『凶手』呢。」

「如果奴婢是『凶手』，武大人會對奴婢大失所望嗎？」

「——若是哪天站在你面前的是十惡不赦的我，你也有辦法相信我嗎？」

季晴夏過去的提問在我心中響起。

此時的我，終於能以自己的想法回答這個問題了。

「就算妳是『凶手』，我依然相信妳。」

「……」

「我唯一擔心的只有一件事。」我以認真的語氣緩緩說道：「我會擔心妳是不是又是為了誰，所以才作踐自己，讓自己的雙手染滿鮮血。」

「……武大人給人的感覺似乎有些變了。」

「嗯？」

「總覺得以前的溫柔帶著些許不穩定，現在的溫柔卻給人一種堅定的感覺。」

「是這樣嗎？」

「奴婢一直看著武大人拚命追逐姊姊大人，所以奴婢才一直不敢跟武大人說明真相。」

「妳怕我會做出什麼傻事，是嗎？」

「是的，奴婢甚至怕武大人會一頭栽進奴婢左邊的黑暗中，就此一去不回。」

「放心吧，現在的我，已經找到屬於自己的『信念』了──」

「──那是比追逐我還要重要的『信念』嗎？」

再熟悉不過的聲音從季雨冬左邊響起。

那股富有存在感的嗓音，讓這個房間的所有人都暫時停止了行動。

一個人緩緩從季雨冬左邊的黑暗中出現。

那是一位滿頭亂髮、穿著白袍、少了一隻左手的美麗女性。

──正是兩年不見的季晴夏。

「小武、雨冬，好久不見了。」

季晴夏用僅存的右手扠著腰，露出充滿自信的笑容。

除了少了左手，頭髮稍微長些外，季晴夏幾乎沒有任何改變。

「姊姊大人……」

「晴姊……」

看到許久沒見的季晴夏，我們兩人都愣在原地，完全動彈不得。

這也是當然的。

對我來說，季晴夏是一直以來的目標。

對季雨冬來說，那是珍愛的姊姊，也是自卑的對象。

季晴夏緩緩走向我和季雨冬——

「等一下！別靠近我們！」

此時，葉藏突然擋在我們兩個身前，舉起她那滿是鐵鏽的刀鞘，對準季晴夏。

「葉藏，妳做什麼，她不是敵人——」

「是這樣嗎？」

眼神轉為銳利的葉藏，警戒著季晴夏。

「季武，你現在無法使用『病能』，所以才感受不到從這個女人身上散發出來的異樣氣息。」

「什麼氣息？」

「她的身上，沒有任何一絲『人類的氣息』！」

「咦……」

「而且別忘了，她可是造成研究院內二十人慘死的『凶手』啊！」

「真是的，我在跟自己的弟妹說話，怎麼會有不相干的人這麼不懂禮貌，突如其來的橫插一腳呢。」

季晴夏伸出一根手指指向葉藏。

——劈啪！

只見一道電流從葉藏的刀鞘竄了起來！瞬間爬向葉藏全身！

葉藏被這股強烈的電流給電倒，碰的一聲倒在地上，身體微微冒出白煙。

「晴姊，妳做了什麼……？」

從沒聽說過這種「病能」，只不過靠一根手指，就產生了連葉藏這種高手都會瞬間被電暈的電流。

「別擔心，我只是讓礙事的人睡一覺而已，這樣才能好好跟你們談天。」

季晴夏緩緩走了過來——

但是，她很快就再次停止腳步。

因為這次換渾身顫抖的季雨冬擋在我面前。

「雨冬，妳做什麼？妳什麼時候有膽子擋住我了？」

「奴婢不、不知道，但總覺得姊姊大人有點不太對勁——」

「妳沒聽清楚我的問題嗎？」

季晴夏散發出幾乎要讓人暈倒的氣勢。

「我在問，妳這個下人什麼時候敢站在我的面前了？」

聽到季晴夏這麼說，彷彿被重重敲了一下的季雨冬雙膝一軟，緩緩跪倒在地。

對季雨冬來說，成為婢女是她逃避的方式，所以季晴夏的這句話，就像是拿著一把刀，狠狠剜了一下她的心。

「……是啊，好久不見。」

再也沒人阻礙的季晴夏，走到我面前輕聲說道：「小武，好久不見。」

看著季晴夏的笑容，坐在輪椅上的我抬起頭來問道：「兩年過去了，晴姊似乎有些改變？」

「有嗎？我外表沒什麼改變吧？」

季晴夏低下頭，打量自己的身體。

「我說的是內在。」

兩年前的季晴夏，不會一時不開心就電暈葉藏，也不會這樣怒斥季雨冬。

「小武，你不相信我嗎？」露出如回憶般完全相同的笑顏，季晴夏看著我的雙眼問道：「你不是說過嗎？即使無法理解我，也會願意相信我。」

「……是啊，我說過。」

「那麼，你為何要質疑你所相信的季晴夏呢？」

「晴姊，請妳先回答我一個問題。」

我注視著季晴夏的雙眼。

「妳為何要殺了院長和無辜的研究員？」

「真是難過啊，我最親愛的弟弟在兩年後，竟學會懷疑我了。」

「……請別逃避我的問題。」

「我之所以殺了院長他們——」

季晴夏露出陽光般的笑容。

「是因為我終於找到了拆除『恐懼炸彈』、拯救全人類的方法了。」

「……咦？」

已經，找到辦法了？

「那是怎樣的辦法？」

「很簡單，只要將『恐懼轉移』就好了。」

「『恐懼轉移』？」

「沒錯！人類恐懼的對象是人類，而我也是人類，所以只要把所有恐懼都集中在我身上就好了！」季晴夏撫著自己的胸膛說道：「只要全世界的人類都懼怕我！那麼『恐懼炸彈』就不會針對『人類』爆炸，而是針對『季晴夏』而爆炸。」

真是……驚人的想法。

該說真不愧是季晴夏的想法嗎？

人類因為對人類的恐懼即將滿溢，所以季晴夏想要將這股恐懼轉到自己身上，讓這股恐懼不要因過多而炸開。

但是──

「妳就是為了這點，所以才殺了院長他們？」

「是啊，這所研究院就是第一步，只要我走過的地方只剩下死人，那麼世人自然而然就會畏懼我吧。」

「………」

「不只是院長他們，這所研究院的人全都要死，就連你和雨冬也不例外。」

「咦……？」

朝我伸出了手，宛如指引我一般，居高臨下的季晴夏對我說道：

「小武，為我的夢想而死吧。」

「為晴姊的……夢想而死？」

「為了成為『眾人的恐懼』，我所待過的地方，一個活人都不能出現。所以──」

帶著開朗的笑容，季晴夏說道：

「你和季雨冬都必須死在這邊。因此，我希望你們能主動自殺。」

季晴夏的話，讓我的腦袋一片空白。

她將手背在身後，彎下腰來說道：「反正在葉藏倒下的現在，你們已經沒有逃出研究院的方法了吧。」

「那麼晴姊又如何？不也會死掉嗎？」

「我自有逃出去的方式。」

「……卻沒有要跟我們說的意思嗎？」

「是的，因為你們誰都不能從研究院中逃出去。」

「……」

「你不是一直追逐著我嗎？」將臉靠到我面前，季晴夏笑道：「那麼，幫助我完成夢想，也是你該做的事吧？」

「我——」

「我沒說錯吧，小武，不——」

季晴夏加重語氣。

「『季晴夏的弟第』。」

沒錯，我是季晴夏的弟弟。

我被她拯救，我的世界是她所給予的。

「晴姊，我——」

就在我要張嘴回答的瞬間——

「——不行！」

一道使盡全力的呼喊阻止了我。

坐在我身旁的季雨冬拉著我的袖子道：「武大人不能死！」

緊緊抓著我的袖子，季雨冬拚命哀求。

「武大人和奴婢不是還有約定嗎？武大人不能捨棄奴婢、捨棄那個約定！」

「雨冬，即使妳這樣哀求小武也是沒用的——」

季晴夏哈哈大笑。

「在兩年前，他不也是捨棄了妳，選擇了我嗎？」

「我、我——」

宛如被季晴夏的話給傷害，季雨冬的雙眼瞬間變為一片虛無。

她什麼都沒有的雙眼中淌出了淚水。

緊握我袖子的手緩緩鬆開，垂落到地上。

季雨冬不斷顫抖，臉色蒼白——就像是要被自己的害怕給壓垮。

就在這一刻，我看到了她真正的恐懼。

「原來是這樣啊……」我輕輕拍了拍她的頭，柔聲道：「即使身為婢女，作踐自己，妳也想待在我和晴姊身邊。」

我以手溫柔的撫了撫她的頭。

「妳其實只是怕我們離開妳，讓妳孤獨一人吧。」

聽到我這麼說，季雨冬低著頭，默默地點了點頭。

真是的，原來雨冬是這麼怕寂寞的孩子。

虧我擁有「超感受力」的「病能」，竟然在相處了這麼久之後，才注意到季雨冬的脆弱。

「小武，這次的你，選擇的是雨冬嗎？」季晴夏在我面前問道。

我抬起頭來，她正以期待的眼光看著我，像是希望我選擇她。

此情此景，就像是兩年前的時光重演。

我的前方有著季晴夏，我的身後有著季雨冬。

而我只能選擇其中一方。

「如果我真的面臨這樣的二選一，我又會怎麼做呢……」

我喃喃自語。

「不是『如果』吧，你不是正面臨這樣的二選一嗎？」

「不。」

我搖了搖頭。

「因為妳並不是真正的季晴夏。」

「咦……？」

聽到我的話後，季雨冬驚訝的抬起頭來。

「『當我牛時，一人哭，眾人笑；當我死時，一人笑，眾人笑。』」

在念出季晴夏的座右銘後，我繼續說道：「立志要讓大家都幸福的晴姊，不會採取殺了所有人的做法。」

要是以前的我，一定不會察覺自己被騙吧。

因為我只懂得盲目追逐季晴夏。

「而古怪之處還不只如此，晴姊雖常有無法理解的想法，但她依然是人類，有著屬於她的脆弱。」

只有我看到了，她的弱小。

「——我羨慕雨冬能待在你身後，也羨慕你可以體會他人和自己的弱小。」

「在兩年前的慘案中，晴姊說了，她說：『她很羨慕雨冬』。」

「羨慕……奴婢？」

季雨冬的臉上，是一臉的不可置信。

這也是當然的。

一直以來面對季晴夏，季雨冬都有著自卑。

她一定作夢都沒想到吧，季晴夏很羨慕她。

「因為過於強大，所以晴姊才無法體會他人的弱小。」

「——因為，這都是我做不到的事。」

我想起了季晴夏在兩年前的寂寞表情。

「晴姊在無意識中傷了雨冬，對此，她一直很歉疚。不管讓多少人幸福，晴姊的心中，一直都有著『無法讓身邊之人幸福』的遺憾。」

看著眼前微笑的季晴夏，我緩緩說道：

「這樣的晴姊，又怎麼會叫我和雨冬去死呢？」

我眼前的人究竟是誰？竟能化身成季晴夏。

從這種不合理的狀況判斷，她極有可能是「病能者」。

但只要稍加思考，就能發現這個推論也是錯的。

「研究院中的病能者只有三位。」

而此時的三位病能者，應該是我、葉藏、季晴夏。

眼前這人並非病能者，也並非季晴夏。

「——我以投影的方式出現。」

原來如此啊……

「——她的身上，沒有任何一絲『人類的氣息』。」

眼前這人，原來是——

「院長，是妳吧？」

隨著我的這句話，眼前的季晴夏緩緩崩解，變成一個手拿扇子、穿著重重和服的矮小女性。

剛剛的季晴夏，不過是虛擬院長創作出的影像罷了。

「哎呀，竟然被發現了。」

虛擬院長用扇子輕敲自己的手掌，露出優雅的微笑。

不同於之前的虛擬院長，現下的虛擬院長，看起來就像個「完整的人類」——跟她生前一模一樣。

我試著伸出手去觸摸，結果手穿過影像，透了過去。

「就連之前出現在我們面前時的模樣，都是妳埋下的伏筆……」

「是啊。」

故意將自己的影像框在四方形的薄形螢幕中，弄得好像視訊會議的樣子，但這一切都是為了不讓我們發覺：她其實可以投影成各種模樣。

這招殺招著實高明。

「不過，也只有在你『病能』無法使用時，才能使用這招。」

「因為只要我一感知，就會看穿剛剛的季晴夏其實只是影像嗎？」

「是啊，但最終還是被你看穿了。」

「妳之所以這麼做，是為了阻止我們離開研究院？」

「沒錯，雖然我讓葉藏昏迷，破壞了你們的逃脫計畫，卻還是怕你們在之後想出什麼祕計逆轉呢。」

「……妳的信念真是堅定，院長。」

為了自己的「世界和平」，竟能做到這種地步。

從兩年前收留我和季雨冬開始，她就開始著手進行各種準備。

先是建立自己的虛擬人格，接著又在研究院內埋下重重機關。

仔細一想，與其說這所研究院是研究機構，不如說是想要毀了我們姊弟三人的巨大陷阱呢。

「這世界並不是以二分法建立的，當你的『信念』與敵人的『信念』衝突時，到底誰是『正義』，誰又是『邪惡』呢？」

將扇子展開遮住自己下半張臉後，虛擬院長說道：「『正義』的敵人，永遠都是另一個『正義』啊。」

「沒錯……」

並沒有誰對誰錯。

季晴夏為了自己的信念，發明了病能者理論，動搖了這個世界。

我為了自己的信念，所以想要將這邊的人救出去。

虛擬院長也是，她為了殺掉季晴夏，所以才犧牲了自己的女兒以及這所研究院的其他人——

「咦？」

一道靈光突然閃進腦中。

——凶手是研究院內的病能者。

——這所研究院的病能者，只有三人。

從中導出的結論只有一個：

那就是凶手是我、葉藏和季晴夏三人中的其中一人。

本來我們都以為「凶手」是季晴夏，不過這真的是事實嗎？

就如我剛剛說的，想要眾人幸福的季晴夏，並不會殺了研究院內的人啊！
如果她不是「凶手」，那麼究竟誰才是殺死院長他們的「凶手」？
我的腦中不斷閃過片斷的回憶和單字——

現在在研究院內的病能者，只有三位。
我、葉藏、季晴夏。
我們都沒有動機。
院長不會說謊。
現在在研究院內的病能者，只有三位。

——該死！
我終於明白了。
就是這句話誤導了我們！
明明就有「第四位病能者」可能成為「凶手」！
這個「第四位病能者」——
就是院長本人啊！

她是自殺而死的！

她有動機，也符合目前的所有線索。

仔細一想，我抵達命案現場時，那個房間明明就是上鎖的！

那時，我被逼得必須開啟「三感共鳴」，才得以破壞鐵門進入其中。

那是一間密室，若「凶手」不是裡頭的人，那還會有誰呢？

──凶手是研究院內的病能者。

這一點沒有錯，因為院長她策劃了一切，她就是「凶手」，也是病能者。

──我沒看見「凶手」。

當我問她「凶手」是誰時，她是這麼回答的。

她並沒說謊，因為「凶手」就是她，她當然看不見自己。

從頭到尾，她一句謊言都沒說啊！

可是我們卻被巧妙的誤導，完全陷入她的詭計中。

那麼……那些自殺和互相殘殺的人又是怎麼回事？

在院長是「凶手」的前提下，我很快地就想到了答案。

那些自殺或互相殘殺的人，想必也是院長的人馬。

也不知是威脅了他們還是收買了他們。

他們約好了在同一時間自殺而死，造就了被病能者殺害的假象。

——**集體自殺**。

這才是最終且最正確的解答。

靠著死前留言，她讓我們互相猜疑。

靠著殺害自己，她讓葉藏攻擊我們。

靠著殺害所有人，她將「凶手是季晴夏」的認知灌到了我們所有人腦中。

不管是哪一個環節成功，她都能取了我們的性命。

而若是都失敗了也沒關係，因為在我無法使用「病能」時，她也能以季晴夏的模樣出現在我面前，逼迫我們自殺。

不管事態怎麼演變，我們都有生命危機。

她知道，只要讓我和季雨冬陷入絕境，就能解開兩年前「晴夏案」的真相，甚至有可能把季晴夏的去向給找出來。

為了達成「殺害季晴夏」，維持世界穩定的目的，她布下了深遠且巧妙的殺局。

「這真是……太可怕了。」

越想越覺得這計策可怖至極。

「看你的表情，你已經看透一切了嗎？」

「是啊……」

「你想得沒錯，我就是『凶手』，這一切都是我一手策劃。」

「…………」

「花了兩年的時光，我才確保自己已經做好了萬全的準備。」

「妳之所以在昨天才使用『病能』質問我季晴夏的去向，是怕打草驚蛇嗎？」

「沒錯，要是隨便行動，一不小心讓你心生疑惑，這個計畫就不會成功。」

「這個詭計……縝密到讓人覺得恐怖。」

「為了自己的信念，我連自己的性命都賠了進去。」院長攤開扇子笑道：「雖然我設計了你們，但我也已經付出了相應的代價，這樣的覺悟，已經足夠了吧？」

「嗯……」

此時，一陣劇烈的晃動產生！

不斷有碎石從頭上掉落，整間研究院就像是處在大地震之中不斷搖晃。

「看來，就連這個房間都要毀了呢！」

虛擬院長的聲音和影像逐漸扭曲，變得越來越模糊。

「我無法繼續投影在你們前方了——之後……」

她露出笑容，拿著扇子以優雅的姿勢向我們揮了揮。

「若你們運氣好，從這絕境中生還，那我還會再出現在你們面前的。」

虛擬院長的身影消失。

等到確定她再也不會回來後，我不由得鬆了一口氣。

此時我才發現，我的掌心滿是冷汗。

這真是可怕至極的對手……

「小心！武大人！」

季雨冬朝我撲了過來！她的舉動讓我往左偏移了十公分，閃過了從頭上掉落下來的石塊！

現在不是胡思亂想的時候！我們必須趕快想辦法逃出去！

「可是……」

該怎麼做？

眼前的研究院雖然劇烈晃動，就好像要崩坍似的，但是外頭的海水仍沒有灌進來的跡象。

必須有一個強而有力的力量破壞研究院，讓外頭的水灌進來。

可是在葉藏倒下，我又無法動彈的狀況下，這股力量到底該從何而來？

看來……這次真的是走到絕境了。

「雨冬……」

「什麼事，武大人。」

白色的「死亡錯覺」從門外竄了進來，逐漸瀰漫整個房間。

「看來，我們似乎要死在這邊了。」

「能跟武大人一起死，是奴婢的榮幸。」

我轉頭一看，只見季雨冬默默地跪在我的後方。

沒想到在最後的這刻，我依然無法讓她卸下婢女的面具啊。

那麼，至少我要……

「咦？武大人。」

我將身後的她，拉到我的身旁。

「武大人，這是……」

「待在我身旁吧。」

「可是、可是，奴婢只是個下人……」

「沒關係的。」

牽著她的手，我柔聲說道：

「在我的身旁，和我一起死吧。」

「…………」

季雨冬先是驚訝得說不出話來，但隨即默默地點了點頭，不再言語。

雖然力道很輕，但是她微微回握了我的手。

「死亡錯覺」逐漸感染全身，我們的意識逐漸化為一片空白。

在這片空白中，有著紅色的大火、灰色的濃煙。

這些色彩混在一起，讓我憶起了我被「感覺相連症」困住時，所感受到的七彩世界。

——啪答一聲！

被「死亡錯覺」完全感染的季雨冬倒在了地上。

儘管她倒了下去，她依然沒有放開握住我的手。

我注視著她左邊的黑暗。

晴姊……

妳在哪兒呢？

至少在最後，我想要見妳一面——

「哈囉。」

一道最為強烈的色彩，突然從黑暗中出現。

季晴夏緩步走了出來，以她的光芒抹消了除她之外的所有事物。

就連一直以來籠罩季雨冬的黑暗，都被這股亮光給吞噬、消失。

「你們最親愛的姊姊，來救你們囉。」

單手扠著腰的季晴夏對我露出自信的笑容。

啊啊……

我怎麼會差點被虛擬院長欺騙呢。

這麼強烈的明亮，是無法被任何人給假冒和取代的。

「整間研究院搖搖欲墜，只要計算出結構，根本不用多少力氣，就能使其完全解體。」

季晴夏伸出手指，輕點了一下研究院的牆壁。

從她手點著的地方為起點，無數龜裂出現，往整間研究院迅速蔓延——

「轟」的一聲！

因為季晴夏的一根手指，整個研究院就此崩解，讓大量的海水灌了進來。

我的眼前，瞬間被一片藍色給填滿。

蔚藍的藍天，白色的沙灘。

我是第一個從昏迷中醒來的人。

身旁躺著依然昏迷的葉藏和季雨冬，眼前則是睽違兩年不見的藍天以及——

「晴姊……」

少了一隻左手的季晴夏坐在沙灘上的石頭，從高處對我露出笑容。

「小武，好久不見。」

聽到她的聲音，一陣鼻酸湧上了心頭，但是我咬牙忍住。

我向自己發誓過了，至少在還活著時我不能哭，要露出笑容。

所以，我深吸一口氣，向季晴夏展露了笑顏。

「好久不見，晴姊。」

「我已經聯絡了可靠的救助隊，就不用擔心還在海底呈現假死狀態的研究員們了。」

「謝謝晴姊。」

「我也幫你們簡單治了些傷，不過接下來的日子，還是要靜養。」

季晴夏「嘿咻」一聲從石頭上跳了下來，對我揮了揮手。

「那麼，再見了，小武。」

「…………咦？」

看著她漸行漸遠的背影，我才突然意會過來。

「等一下！晴姊，妳也走得太突然了吧！」

「嗯？該說的都說完啦？」

「……妳接著要去哪裡？」

「『恐懼炸彈』的事還沒解決吧？在這兩年中，我已經想到解決辦法了。」

「原來如此……」

眼前的季晴夏，已不再散發出會逼迫人自殺的恐懼感。

雖然我不知道她是怎麼做到的，但她在這段時間中，似乎克服了身上的問題。

「其實早在一年前，我就想到解決辦法了。」

「那妳為何現在才從季雨冬的左邊走出來？」

「呃……」季晴夏有些不好意思地摸著頭，「我想說……放個假也不錯。」

「…………」

「我把二十個國家的八點檔連續劇都看完了，挺滿足的。」

「…………………」

「也看了不少A書，在成人知識方面大有長進，就只缺實戰了。」

「………………………………」

當我們拚死在找妳時，妳到底都在做些什麼啊？

我深深嘆了一口氣。

「算了，這才像是晴姊……」

季晴夏哈哈一笑後，說道：「我這麼晚出來，剛剛說的東西的確是原因之一啦……但真正的主因是──我在等待小武你找到屬於自己的『信念』。」

「…………………咦？」

「這也是為何我剛剛直到最後一刻才出手的原因，我想確定你是不是已經找到了『自己的信念』。」

她走到我面前，拍了拍我的頭。

「成長後的小武，很帥喔。」

「嗯……」

被一直憧憬的目標給認同，想哭的衝動再度從我心底浮出，但這次我還是咬牙忍了下來。

等平復好心情後，我開口問道：「為什麼晴姊要等我找到『信念』後，才願意現身在我們面前呢？」

「接著我想要拯救世界，拆除人類腦中的『恐懼炸彈』，但是我所想出來的方法，其他人並下一定能理解。」她轉頭看向我，「若你還是一直盲目的追逐我，會變得非常危險。」

「那是個怎樣的方法呢……」

「現在我還不能詳說，但是──」

季晴夏看著遠方的大海。

「那是個充滿罪惡的方法。」

雖然她的臉上滿是自信，但是映上大海反射過來的陽光，不知為何讓我感受到了一股虛幻。

就像是過度發光，所以即將燃燒殆盡似的。

於是──

「晴姊。」我用我的小指，勾起了她的小指說道：「我想跟妳做個約定。」

「喔？」以饒富興趣的雙眼看著我，季晴夏問道：「什麼約定呢？」

「妳很強大，雖然妳會讓身邊的人受傷，但是妳可以讓很多人幸福。」

「嗯。」

「所以，我與妳定下約定。」

我以堅定的表情注視季晴夏。

「因為妳而受傷的人，就由我來讓他們幸福吧。」

妳的不足，就由我來填補。

因為，我們是家人。

「……………………」

季晴夏先是愣了一下後，接著哈哈大笑！

「哈哈哈！小武這小鬼真的長大了！」

「等、等一下！晴姊，不要揉亂我的頭髮啦！」

「不過──你真的變帥了……」

捧著我的臉，季晴夏直視著我的雙眼。

接著，她緩緩靠近……緩緩靠近……

近到連彼此的呼吸都能感受到的距離後，她在我額頭印下了一個吻。

「——！」

就像被她的吻給麻痺，我呆站在原地，完全動彈不得。

季晴夏開心的一個轉身，說道：「我與你定下約定，我無法守護的人，就由你來替我守護吧。」

季晴夏以雀躍的腳步逐漸遠離我，然而這次，我並沒有追上去。

就在要分別的最後一刻，季晴夏露出了壞心眼的笑容，對我拋出一個問題。

「對了，小武。」

「嗯？」

「若是再遇到我和雨冬你只能救一個人的狀況，這次你會怎麼做呢？」

「我想要兩個都救。」

「不行，只能救一個。」

「嗯……」

我思考了一會兒後，將心中的答案說了出來：「我很弱小，所以我無法做出選擇。」

兩個對我來說都很重要。

要是選擇了其中一個，就表示拋棄了另一個。

兩年前的我，就是因為這樣而感到痛苦萬分。

「所以——」

我露出笑容回答：

「哪個人離我近，我就救哪個吧。」

「噗——」

聽到我的回答後，季晴夏仰天大笑。

「噗哈哈哈哈哈哈哈哈哈——————！」

「這是正確答案嗎？晴姊。」

「不……」

季晴夏露出陽光般的笑容。

「這是『季武』的答案喔。」

終章

在「病能者研究院」崩解的那天，所有人在最後都奇蹟似的得救（除了一開始死亡的院長和二十位研究員）。

海底下的「病能者研究院」到底發生了什麼事，沒有人知道。

謠言和揣測滿天飛，但都離事實甚遠。

我和季雨冬暫時找了間公寓住下，至於葉藏則不知到了何方。

我們不清楚季晴夏接著打算做什麼，但我們決定先過好自己的生活，等待季晴夏的再一次出現。

我和季雨冬在公寓中所度過的日子，就跟在病能者研究院一般平淡，只是……最近一些奇怪的事情開始出現。

一開始時只是一些小地方，比方說冰箱裡的東西少了一些，或是季雨冬明明不在，卻好像有什麼人在背後看著我。

我開啟「感官共鳴」，很快就發現了問題出在哪。

——葉藏躲在我們家。

我們在家中時，她就躲在廁所；若是進了廁所，她就會閃到廁所的天花板上。

坦白說，有一個女人一直躲在我們家的廁所中，我完全不知道該怎麼處理好。

重點是這個煩惱沒有任何人可以商量，就算上網搜尋，除了鬼故事外，也找不到任何相同的案例。

第一次發現葉藏時，我因為過於震驚而沒有拆穿她，等到錯過這次時機後，我突然就不知道該怎麼做才好了。

總不能進廁所時叫她從天花板下來吧？

要是她真的和我面對面，那個畫面說有多尷尬就有多尷尬。

於是，我暫時靜觀其變，開始去外頭洗澡上廁所，默默地犧牲什麼都不知道的季雨冬。

藏在廁所中的葉藏，會自動幫我們打掃，還會補充衛生紙，宛如變成了廁所小精靈。

她到底想做什麼啊？滿頭霧水的我繼續躲在一旁用「病能」觀察。

然後就在第三天時，葉藏有了新的動作。

她先是侵入了我們家的廚房，在冰箱中不斷翻找食材。

我推斷她是因為肚子餓，所以想要自己做東西吃。

她拿出冰箱中的高麗菜，將它放到了砧板上，接著，她拔出腰間的武士刀——

將我家的廚房一分為二。

「………」

抽油煙機、火爐、流理臺，不管是什麼東西，都漂亮的變成了左右兩半。

不知道是斬斷瓦斯管還是什麼的，火爐轟的一聲燒了起來。

「哇～～哇～～～怎麼辦。」

葉藏手忙腳亂的看著陷入火災的廚房。

「對了……把著火的部分整個切斷就好——」

她畫出一個四方形的斬擊！

轟隆一聲！

就像切蛋糕一樣，廚房的牆壁被切了一個四方形的洞往後倒去，發出了巨響。

「…………」

「哇啊～～鄰居都跑過來了！」

慌亂的葉藏看著外頭的人群。

此時，大火隨著倒塌的牆壁開始往外蔓延。

「哇哇哇～～～警察跟消防車都來了，要是給季武添麻煩就不好了。」

一道光芒從葉藏眼中閃過。

「看來，只好將他們這些人全都打暈了——」

「住手啊！」

再也看不下去的我，忍不住現身阻止葉藏！

十分鐘後。

我好不容易將火災給撲滅，將所有物品都恢復原狀。

剛剛的狀況可說是驚險萬分。

我真沒想到，我竟會落得必須用「四感共鳴」將所有東西瞬間修好的下場。

因為這種不科學的狀況，使得前來關心的警察和鄰居們以為是自己在作夢。

看來這地方不能久居了……必須找個地方搬走。

稍微喘息過後的我，怒目瞪向眼前跪著的葉藏。

雖然可以從肢體的細微動作中感受到她的愧疚，但是她整個人仍給人凜然不可侵犯的感覺。

「妳到底在想什麼啊！」

聽到我的怒吼，葉藏本來低下的頭變得更低。

「為什麼會弄成這樣，妳本來是想做什麼？」

「我只是……想要做飯。」

「做飯？」

「是的，我想要做飯給你吃。」

「我？」

「嗯。」

「…………」

葉藏輕輕點了點頭。

她的話我完全無法理解。

做飯給我吃？為何？

我嘆了一口氣後說道：「先撇開這件事不談……妳一直躲在我們家的廁所中，到底是想做什麼啊？」

「——咦！」

聽到我這麼說，葉藏本來紋絲不動的表情顯露出了震驚！

「……妳該不會以為我什麼都沒發現吧。」

「竟、竟然被發現了。」

「發現妳一點都不困難吧？」

「國中時，我躲在廁所中吃了三年飯，都沒人發現啊……」

「該不會妳躲在廁所中，是因為——」

「就跟你想得一樣。」葉藏一臉正經地說：「因為廁所是最能讓我安心的地方了。」

「…………」

看著她極其自然的說著這麼悲慘的事，我完全不知道該怎麼回應才好。

初見面時，我覺得她是個可怕的敵手。

但越認識她，就越難不對她露出哀憐的眼神啊。

我按住已經開始發疼的腦袋，對她說道：「所以，妳躲進我們家廁所，究竟是想做什麼？」

「我……」

葉藏先是微微張嘴，隨後卻將嘴巴閉上，什麼話都沒說。

是有什麼難言之隱嗎？

「有什麼困難就跟我說，不要客氣，我會在能力範圍內幫忙妳的。」我和善地對跪在我面前的葉藏說道：「妳需要住的地方？還是要借點錢生活？或是──」

「我想要當你的僕人。」

「──什麼？」

「我想要，當你的僕人。」

彷彿說這句話必須花上她的全部勇氣，葉藏閉上雙眼，用力地提出她的要求。

「…………」

我的耳朵是不是出了什麼問題？

「若是僕人不行的話，奴隸也沒關係的。」

「等、等一下。」我按住一片混亂的腦袋說道：「這是怎麼回事？妳怎麼突然提出這種要求？」

「之前你不是捨命救了我嗎？」葉藏抬起頭來，認真地說：「此恩不報，有違武人的原則。」

「……所以，妳才說要成為我的僕人嗎？」

「是的，我本來想先試著做飯給你吃，沒想到最後變成這樣……」她將頭伏到地上，以認真的表情說：「真的很對不起，我不是故意要造成你的困擾的。」

「……」

因為把她跟過去的自己重疊在一起，所以我在那時起了想要拯救她的念頭。

雖然我因此而差點送命，但那是因為季雨冬突然醒來的關係。

或許在她眼中，我是捨命救了她，不過那其實是各方巧合下所造成的結果。

而且，多虧了葉藏，我才找到了屬於自己的信念，真要說的話，我覺得我們兩個互不相欠。

「妳也不用這麼認真。」我試著表達我的心情：「妳並不用覺得欠我人情，因為我只是——」

「我就知道。」

葉藏突然打斷我的話，臉色陰沉的說道：「像我這種沒用的女人，根本就不會有人想要我……」

「我不是這個意思……」

「沒關係的，我都明白，誰會想要我這種奴僕呢。」

葉藏以跪著的姿態巧妙移動，縮到了牆角。

「一點女人味都沒有，做個飯會讓家裡毀滅，就連與廁所融為一體都辦不到。」

「最後面那個是最困難的妳知道嗎……」

「拜託了！」葉藏抬起頭來大聲說道：「請讓我成為你的奴僕吧！我會盡我所能取悅你的。」

「我就說了，不用做到這樣——」

——啪！

葉藏站在我面前，大剌剌地將她的裙子掀了起來。

「……………………」

她的內在美和那雙潔白亮麗的大腿完全亮在了我面前。

不知道葉藏是不是為了努力展現她的女人味，她的內在美是意外成熟的款式，竟然是黑色的綁帶配上蕾絲。

「只要你你你你收我為奴僕，我就每天這樣給你看喔喔喔喔——」

葉藏的聲音就和她的身體一樣顫抖。她抓著裙襬站在原地，白嫩的肌膚因為羞恥浮現出一層淡粉紅色。

我也是個正常的男生，看到這景象理當要興奮。

但是因為這個發展太過突然，我在感受到情慾前，首先湧上心頭的其實是震驚。

可能是因為我完全沒反應吧，葉藏那高冷的臉龐微微扭曲，眼中浮現淚水。

「都、都做到這樣了，還是不行嗎？」

看來我一不小心傷到了她的自尊心。

「我知道了，我全裸——不對，我全裸之後戴上項圈！」

「不是這樣的吧！」

我趕緊阻止想要將身上衣服脫掉的葉藏。

「葉藏小姐，這樣是不行的。」

突然，一個熟悉的聲音從後方出現，我轉頭一看，只見外出的季雨冬不知何時已經回到了家中。

「要讓武大人心動，有個再簡單不過的方法。」

她以和善的笑容走近葉藏，不斷上下擺弄她的身體。

「沒錯，就是如此，右手扠著腰，然後下巴微微仰起，以一副自信的笑容喊一聲『小武』——這樣武大人就會發情了。」

「喂！雨冬！妳在亂教什麼鬼東西！」

「嗯……攻略武大人的方法？」

「最好這樣對我有用——」

「——小武。」

「是。」

面對假扮晴姊的葉藏，我反射性的低下頭去，露出了幸福的笑容。

「看到了嗎？葉藏小姐，武大人就是這種變態，要討他歡心，不能用一般的方法。」

「原來是因為他是變態，所以才對我的內褲沒有興趣啊……」

「就是這樣，基本上只要是和姊姊大人有關的事物，武大人都能感到興奮，就連看到很像姊姊大人腿型的蘿蔔他都可以臉紅。」

「我沒有變態到那種地步！」

「要入武大人門下，成為他的奴僕討其歡心，哪有葉藏大人想得那麼容易。」季雨冬朝葉藏伸出手去，以和善的笑容說道：「『奴之道』是很博大精深的。」

奴之道是什麼鬼東西！

「師、師父！」

葉藏不知道在感動什麼，雙膝一軟跪倒在季雨冬面前。

「懇請妳收我為徒！」

「很好！本奴婢今天就收妳為徒，封妳為『見習婢女』。」

見習婢女又是什麼？別老是創造這個世間不該存在的新穎名詞啊。

季雨冬摸著葉藏的頭，以莊嚴肅穆的語氣說道：「入門有先後，所以，從今天起，我就是武大人的大奴隸，而妳就是小奴隸。」

「這聽起來意外的很糟糕啊！」

「我們的生存意義，就是處於下位，努力讓男主人感到舒服。」

「不要再說了！這聽起來越來越糟糕了！」

儘管我拚命阻止，季雨冬卻還是沒有聽從我的話。

結果在她的胡鬧下，我們家中莫名其妙多了一個見習婢女了。

在收葉藏進家中的隔天晚上，我扶著季雨冬，一步步在沒人的街道上練習走路。

「一、二——一、二——」

在季晴夏離開我們的那天，她順道將季雨冬左手散發的「病能」收了回去。

所以，現在的季雨冬左方，不再被黑暗所籠罩。

因為兩年沒有使用過左腳和左手，現在的季雨冬連正常行走都有問題。

「對，就是這樣——慢慢來……啊！」

失去平衡的季雨冬往前一撲，直挺挺的倒在地上。

「喂！沒事吧！」

我趕緊衝上前去察看狀況。

雖然腳上多了不少擦傷，季雨冬還是擦了擦臉上的髒汙，扶著我的肩膀站起身來。

「奴婢……沒事的。」

「嗯，那我們繼續吧——一、二、一、二……」

在銀色的月光下，我們兩個跌跌撞撞的走著。

「武大人……」

此時，我身邊的季雨冬突然叫了我一聲。

「嗯？」

「奴婢想跟你說一件和姊姊大人之間的往事。」

「嗯。」

「奴婢一直欽羨著姊姊大人，而姊姊大人也知道這件事。」季雨冬一邊努力踏穩腳步，一邊說道：「所以，奴婢和姊姊大人，始終保持著很微妙的距離感，不太像是真正的姊妹。」

「妳們都怕傷害彼此吧。」

季雨冬害怕被拿去跟季晴夏做比較。

季晴夏則怕自己的天才抹殺了季雨冬的努力。

「當武大人出現後，我們第一次有了共通的話題。」

季雨冬抬頭看著天上的月亮。

「奴婢和姊姊大人，終於有了一個不會傷害到彼此的話題。」

「嗯……」

「於是，我們共同定下一個約定，那就是絕對不對武大人說謊。」

「為什麼呢？」

「武大人的『感知共鳴』，是個能完全理解他人的『病能』，也就是說，只要說謊，武大人就一定會發現。」

「其實……我有刻意不用『病能』觀察親近的人。」

因為若是我這麼做了，或許會在無意識中知道對方不想讓我知道的事情。這樣對親近的人來說，是件很失禮的事。

「奴婢和姊姊大人都知道武大人是這麼做的，但若是在武大人亟欲知道真相的狀況下，武大人或許還是會對身邊的人使用『病能』吧？」

「嗯……」

「這個世界的人，沒有人是百分之百的真實，就算是只說實話的院長，也用了『實話』說謊。」

「是啊……」

「人類充滿謊言，而在武大人的『病能』面前，謊言無所遁形。奴婢跟姊姊大人，一直很擔心武大人終有一天會喪失對人的信任。」

季雨冬將臉側了過來，銀色的月光灑在她面龐，讓她的笑容看起來既柔和又美麗。

「所以，奴婢和姊姊大人決定了，絕不對武大人說謊。」

她以不同於季晴夏的笑容，對我說道：「就算哪天武大人再也不相信人類了，奴婢和姊姊大人，依然會是武大人能相信的真實事物——我們想在武大人心中，成為這樣的存在。」

「嗯……」

直到這刻，我才知道我是多麼被這對姊妹所疼愛。

我真是個幸運的人。

不過……

「沒關係的，雨冬。」我牽起她的手，對她說道：「從今以後，妳和晴姊對我說謊也沒關係。」

這個約定，就到今天為止吧。

「真的可以嗎？」

「當然可以。」

我露出笑容說道：

「不管說出怎樣的言語，妳們在我心中的地位都不會動搖。」

妳是我的妹妹——季雨冬。

她是我的姊姊——季晴夏。

就算沒有血緣關係，妳們仍是我最重要的人。

在確認我是認真之後，季雨冬點了點頭。

「奴婢明白了。」

「明白就好。」

我扶著季雨冬，繼續跌跌撞撞地緩緩前行。

不知道季雨冬有沒有注意到，我的嘴角在這過程中不自覺地揚了起來。

雖然現在的我沒有辦法拉著妳往前走。

雖然現在的我還沒有辦法卸下妳賴以生存的假面具。

但是——

至少此時此刻，妳是走在我的身旁，而不是我的身後。

在當天晚上，我夢到了過去的情景。

那是某天深夜，我與季晴夏的對話。

「晴姊。」

走進季晴夏的房間，我喚著坐在高處的她。

「嗯？」

季晴夏低下頭來，居高臨下的看著我。

她把房間的椅子都疊了起來，變成一座椅子塔。雖然表面上看起來非常不穩，但不知為何季晴夏以絕妙的平衡坐在上頭，一副沒事的模樣。

雖然「恐懼人類」的理論是從「懼高」衍生出來的，季晴夏卻與人類的本能相反，像是十分喜歡高處。

「這麼晚了，找我有事嗎？」

「我一直想問晴姊一個問題。」

「請說。」

「晴姊為什麼要找我當弟弟呢？」

我和她並沒有血緣關係。

在我眼中，季晴夏是個強大無比的人，根本不需要任何家人。

說得極端一點，家人的存在，甚至會讓她做起事來綁手綁腳。

她若是顧忌我們，就無法放心前行。

但若是不顧我們，就會讓身邊之人受到傷害。

就像我被她所迷惑，一直追在她身後跑。

季雨冬也被她的光環所灼傷，再也不敢有任何期望。

「小武，在回答你這個問題前，我想先問你一個問題。」

「嗯？」

「『想讓所有人都幸福』——擁有這樣願望的人，你覺得怎麼樣呢？」

「……很厲害啊。」

「果然如此。」

季晴夏不知為何咯咯輕笑了幾聲。

「怎麼了嗎？」

「你雖然『佩服』，卻無法『理解』和『認同』，對吧？」

「……」

「我不怪你。」

季晴夏露出一如既往的笑容。

「因為你的想法就和一般人是相同的。」

「我並沒有責備晴姊的意思——」

「我知道，但是對一般人來說，就算窮盡一生拚命努力，說不定都無法讓一個人幸福。抱有這種願望的我，感覺實在是不切實際到了極點。」

「……晴姊也不必把自己說成這樣。」

「畢竟事實就是如此。」季晴夏撥了撥耳際的頭髮，「說來也真是可笑呢，想讓所有人都幸福，卻也因為這樣的願望，被所有人所畏懼。」

季晴夏站起身來，向著什麼都沒有的前方開口問道：「有時我甚至會想，我究竟是人類——抑或是長得像人類的怪物呢？」

我沒有回答季晴夏的問題，只是默默地看著站在高處的她。

她的目光投向遠方。

她究竟在思考什麼？又是在注視什麼？

我無法理解，也無法碰觸。

就算將我的「病能」都打開，我也沒有自信瞭解季晴夏這個人。

或許就像她所說的，終其一生，她都找不到可以與她並肩而行的人。

能以相同高度和她對看的存在，這世上或許永遠都不會有——

「小武，你不是問我為何要找你當家人嗎？」

季晴夏突然開口，將話題帶回了正題。

「那是因為——」

「你和雨冬，是我唯一像正常人的部分。」

「……………」

「我也和一般人一樣有著家人，有著珍愛的人。」

她將目光轉向了我，讓我和她四目相接。

雖然所處的高度不同，但我們確實是在注視著彼此。

「只要有你們存在，我就知道自己是人類，而非怪物。」

季晴夏對我露出了笑容。

在之後的日子中，我無數次憶起她此時的笑顏。

就和一般人一樣——

她露出了宛如姊姊的溫和笑容。

此時，我突然明白了一件事。

季晴夏有著常人沒有的願望，幾乎沒有什麼事是她做不到的。

高高在上的她與其說是人類，更像是某種超越人類的存在。

或許有很多人在心底深處懼怕她，可是與她相處的三年間，我從沒畏懼過季晴夏。

我想，那一定是因為她常常對我露出這樣的笑容。

於是，我也露出微笑，認真地向她說道：

「晴姊。」

「嗯？」

「不管發生了什麼事——」

「妳永遠是我和雨冬的姊姊。」

終章之後

「武大人！快醒來！」

一陣粗暴的搖晃將我搖醒，讓我從與晴姊的回憶中驚醒。

在我眼前的，是季雨冬的臉龐。

「怎麼了？雨冬？」

現在的我，已不會將季雨冬錯認成季晴夏了。

「發生大事了！」

季雨冬指著電腦螢幕，我順著她的手指看了過去，只見——

「院長？」

我驚訝的大叫！為了看得更清楚些，我緊貼到螢幕前方，專注地注視著裡頭的畫面。

我沒看錯，出現在螢幕中的確實是在「病能者研究院」崩坍後消失的院長，她不知為何出現在網路直播上，而這個直播，貌似是對著全世界播放。

「全世界的各位大家好，我名為『院長』。」

手拿木質紙扇的院長，輕敲了一下自己的手掌。

「我們成立了一個『病能者』才能進入的組織，名為『莊周』。至於我們組織存在的目的呢……就由我們組織的領導人來為各位說明吧。」
院長退到一旁，鏡頭不知為何一直往上帶。
無數張椅子堆起的椅子塔上，有著再熟悉不過的身影。
當看清那個人的身形後，我和季雨冬同時驚呼出聲！
「竟然是……晴姊？」
滿頭亂髮、穿著白袍又只有單手的身姿，毫無疑問的是季晴夏。
我的腦袋一片混亂。
「莊周」是什麼？
晴姊怎麼會出現在這邊？
本來要殺害季晴夏的院長，又是怎麼和晴姊走在一塊的？
「咳咳……大家好，我是眾所皆知的季晴夏。」
畫面上，季晴夏裝模作樣的咳了兩聲後，面對攝影機說道：「廢話不多說了，我們『莊周』成立的目的其實很單純，那就是——鏘鏘~~~」
宛如宣布得獎名單，季晴夏以開朗的聲音道：
「**『毀滅人類』**。」
「………」
「………」
我和季雨冬驚訝地嘴巴大張，互看一眼，彼此都懷疑自己是不是耳朵或精神出了毛病。

然而很遺憾的，眼前所發生的事情，毫無疑問是現實。

「嗯……說『毀滅人類』可能比較不好理解，若要用比較淺顯易懂的說法就是——」

季晴夏「啪」的一聲揮動身上的白袍。

「病能者啊！加入我們吧！」

「人類啊！畏懼我們吧！」

季晴夏以僅存的右手扠著腰，露出自信的笑容。

「『莊周』接著要做的事，若要用一句話概括說明——

「**那就是發動和『人類』之間的戰爭喔。**」

後記

「大家好，我是人稱晴姊的季晴夏。」

「大家好，我是——」

「她是背叛台灣角川，跑到尖端出版出書的小鹿。」

「…………這後記，剛開頭就要這麼刺激嗎？」

「仔細想想小鹿這種作者怎麼可能會有其他出版社想收呢，肯定是做了什麼不得了的內線交易！」

「別亂造謠啊！我之後在台灣角川也會出書！別說得好像我是做了什麼骯髒事才得以過來尖端的好嗎！」

「感謝尖端出版、感謝責任編輯陳編輯、感謝插畫家 Mocha 老師——」

「妳是故意的嗎！故意把謝詞擺在這邊，那個感覺就完全不同了啊！」

「對了，小鹿還有出版《當戀愛成為交易的時候》及《山海相喰異話》這兩個系列作喔，請大家多多支持。」

「在尖端的書後面打台灣角川的書？妳是多想讓我黑掉？」

「帶著台灣角川的機密情報，小鹿投靠到了尖端出版，這也是之後人稱『第一次輕小說大戰』的開端——」

「我竟然可以成為戰爭的火種？是大家都在爭相爭奪我嗎？真是不好意思——」
「不，是每間出版社都希望可以把小鹿趕出去。」
「……」
「當出版社看到小鹿時，會心中一揪、冷汗直流，巴不得早點將她趕出出版社，妳知道為什麼嗎？」
「……為什麼？」
「因為小鹿『出道夠久』。」
「『出道夠久』？」
「出道以來，小鹿的銷售量總是不斷爆死，目睹這情景的出版社，將對於『小鹿』的恐懼刻到了基因中。」
「……………………」
「於是，『小鹿』成了出版社本能會害怕的事物。」
「……沒想到稍微轉換一下書中的內容，竟然可以推得這樣的結論。」
「感謝尖端出版、感謝責任編輯陳編輯、感謝插畫家 Mocha 老師，因為有你們的大力幫忙，這本書才得以誕生——」
「有必要說兩次謝詞嗎！妳到底想藉謝詞暗示什麼！」
「台灣角川對不起，台灣角川的責任編輯對不起——」
「也不要道歉！」
「既不感謝也不道歉，那妳的人生到底還剩下什麼？」

「我的人生除了感謝和道歉，難道就沒有其他東西了嗎？」
「當然有啊，就是寫後記製造出版社間的紛爭。」
「……拜託晴姊饒了我，跟妳這種天才鬥嘴，我真的是毫無招架之力。」
「妳難道看不出我一直虐妳的深意嗎？」
「竟然有深意？莫非——」
「其實沒有。」
「……拜託晴姊高抬貴手。」
「時間差不多了，接著是很重要的部分。」
「妳說完那些亂七八糟的話後！就想強行結束後記嗎！」
「本作出現了許多醫學專有名詞和大腦認知疾病，作者雖有做過很多功課，但若有與現實不符的部分，還請各位多多包涵和關照，畢竟這是小說創作，趣味度為最優先，希望大家看得開心就好。」
「嗯嗯，這句話說得還算得體——」
「——若有不滿，歡迎來告！」
「喂————！」
「以下是小鹿的粉絲團：https://www.facebook.com/happylandpk/。」
「妳在這時候亮粉絲團是想做什麼！」
「不服就來戰，小鹿沒在怕的啦！」
「各、各位，這篇後記真的只是開玩笑，我道歉！我向看到後記的所有人道歉，也向買書的各位致上深深的感謝之意——」

「有種不要跑！我幾個月後的第二集一樣會在後記出現啦！」

「晴姊————！」

小鹿

備註：本書參考書籍

一、Mapping the Mind 大腦的祕密檔案（遠流出版社，Rita Carter 著，洪蘭譯）。

二、The man who couldn't stop: OCD, and the true story of a life lost in thought 停不下來的人：強迫症，與迷失在腦海中的真實人生（究竟出版社，David Adam 著，林步昇、崔宏立譯）。

三、偉大的網路。

浮文字

深表遺憾，我病起來連自己都怕1

著　者／小鹿
發 行 人／黃鎮隆
總 編 輯／洪琇菁
執行編輯／曾鈺淳
企劃宣傳／邱小祐、劉宜蓉
封面插畫／Mocha
副總經理／陳君平
國際版權／黃令歡
美術編輯／陳聖義
內文排版／謝青秀

出版／城邦文化事業股份有限公司　尖端出版
台北市中山區民生東路二段一四一號十樓
電話：(〇二)二五〇〇七六〇〇
傳真：(〇二)二五〇〇二六八三
E-mail：7novels@mail2.spp.com.tw

發行／英屬蓋曼群島商家庭傳媒股份有限公司城邦分公司　尖端出版
台北市中山區民生東路二段一四一號十樓
電話：（〇二）二五〇〇—七六〇〇（代表號）
傳真：（〇二）二五〇〇—一九七九

中彰投以北經銷（含宜花東）／楨彥有限公司
電話：（〇二）八九一九—三三六九
傳真：（〇二）八九一四—五五二四

雲嘉經銷／智豐圖書股份有限公司　嘉義公司
電話：（〇五）二三三—三八五二
傳真：（〇五）二三三—三八六三

南部經銷／智豐圖書股份有限公司　高雄公司
電話：（〇七）三七三—〇〇七九
傳真：（〇七）三七三—〇〇八七

一代匯集／香港九龍旺角塘尾道六十四號龍駒企業大廈十樓B&D室
電話：（八五二）二七八三—八一〇二
傳真：（八五二）二七八二—一五二九

馬新經銷／城邦（馬新）出版集團Cite (M) Sdn. Bhd.
E-mail：cite@cite.com.my

法律顧問／王子文律師　元禾法律事務所
台北市羅斯福路三段三十七號十五樓

二〇一六年十月一版一刷
二〇一九年十月一版六刷

■中文版■

郵購注意事項：
1. 填妥劃撥單資料：帳號：50003021戶名：英屬蓋曼群島商家庭傳媒(股)公司城邦分公司。2. 通信欄內註明訂購書名與冊數。3. 劃撥金額低於500元，請加附掛號郵資50元。如劃撥日起 10～14日，仍未收到書時，請洽劃撥組。劃撥專線TEL：(03) 312-4212 ・ FAX：(03) 322-4621。E-mail：marketing@spp.com.tw

國家圖書館出版品預行編目資料

深表遺憾，我病起來連自己都怕1 / 小鹿 作.
—初版. —臺北市：尖端出版, 2016.10
冊；公分
ISBN 978-957-10-6929-6(平裝)

857.7 105015594